LA NOCHE QUE NOS ESCUCHAMOS

ALBERT ESPINOSA

LA NOCHE QUE NOS ESCUCHAMOS

UNA HISTORIA LUMINOSA
QUE TE ENSEÑA A LUCHAR

Grijalbo

Papel certificado por el Forest Stewardship Council®

Penguin
Random House
Grupo Editorial

Primera edición: octubre de 2022

Printed in Spain – Impreso en España

ISBN: 978-84-253-6107-4
Depósito legal: B-13.601-2022

Compuesto en Comptex & Ass., S. L

Impreso en Black Print CPI Ibérica
Sant Andreu de la Barca (Barcelona)

GR 6 1 0 7 4

*Dedicado a las Núrias que
me han aconsejado tan bien
durante toda mi vida.
Un nombre que me acompañará
para siempre y que se ha convertido
en un sinónimo de sinceridad y verdad*

Nada se parece tanto a la injusticia
como la justicia tardía.

SÉNECA

Índice

Prólogo

Cuando llevaba escrita la mitad de la novela, necesité hacer un prólogo, quizás porque sentí que debía contaros la importancia de escribir esta historia.

No lo había hecho nunca antes en una novela, pero si no lo hiciera sentiría que le falta algo a este libro. No habrá spoiler en este prólogo sino tan sólo entrañas para relataros de dónde nace. Quiero contaros, amigos lectores, por qué necesito escribir esta historia.

Supongo que era una asignatura pendiente. Después de escribir en cine historias como *Planta 4.ª*, series como *Pulseras rojas*, obras de teatro como *Los Pelones*, un día me di cuenta de que no había escrito una historia semejante en novela de algo que condicionó mi vida e hizo que fuera quien soy. Es verdad que existe *El mundo amarillo*, pero en realidad es una autobiografía, y deseaba contar una de esas historias que viví en tercera persona pero que me marcó en primera durante mi estancia en el hospital.

Y es que éste es un relato de hospital que escuché cientos de veces mientras estuve enfermo. Me contaron la historia de los gemelos desde tantos puntos de vista…

Nunca pensé mucho sobre qué parte era verdad y qué parte era invención. En la vida tampoco me lo planteo cuando conozco a alguien; sé que muchos fabulan y otros exageran, pero que al final, si has vivido suficiente, sabes extraer la verdad de las personas.

Deseo que améis esta pequeña historia sobre segundas oportunidades y, también, sobre el equilibrio entre los sueños y las promesas.

El título nace de algo que en todo momento me fascinó y que observé siempre en el hospital. Hay una noche que todos nos escuchamos, hay una noche en que sabemos para qué existimos en este mundo, y me parece tan mágico cuando eso ocurre…

Aunque a veces esa noche se diluya, se pierda y se reinvente. Y todo a ritmo de bolero.

Ojalá disfrutéis de esta historia de dos gemelos que para mí son inmortales. Fue la primera que escuché en el hospital y sigue siendo algo que me había guardado para mí, aunque muchas noches de hospital se la conté a tantos chicos nuevos que llegaban y siempre me fascinaba cómo la disfrutaban, quizás porque tiene un poco de todo lo bueno que debe poseer un buen relato.

Por eso os la contaré yo al principio, pero luego debo dejar que sean ellos, su propia voz y la de otros que la vivieron, los que os la sigan relatando.

Nunca había escrito un libro tan especial a la hora de narrarlo, pero la magia de las historias que te regalan es que debes respetar mucho las voces de quienes te las contaron y de quienes las vivieron. Por ello a veces el narrador cambiará, quizás lo contamos desde fuera o desde dentro, pero es que ésta es una historia de tripas y sobre todo de corazón, y lo de menos es quién la pilota.

Escuché esta historia antes de operarme, antes de

quimios, mientras vomitaba, cuando conocí a alguien que los conoció y más tarde yo la conté a amigos míos antes de que los operaran, antes de que les diesen la quimio, después de vomitar... Era nuestra historia, lo que soñábamos lograr en una noche. Nunca nos planteamos nada porque comprendíamos la moraleja del asunto.

Esta novela está dedicada a todos los que sobrevivieron, a aquellos que se sintieron extraños en un mundo de sanos y pensaron que jamás llegarían a vivir una épica igual y un día descubrieron que estaban vivos en este mundo por algo mucho más grande de lo que creían. Y eso lo descubrieron porque su niño interior nunca se marchó, jamás se suicidó y siguió recordándoles qué importa en esta vida y qué no tiene valor.

Y es que has de poder matar a tus demonios, ser implacable y también aprender a olvidar para poder continuar; si no, sería imposible seguir viviendo.

Creo que esta historia ha salvado muchas vidas, y cualquiera que haya pasado un tiempo en el hospital sabe qué significa cada personaje y cada trama.

Nadie lo ve como «tristorias», sino como historias luminosas que te enseñan a luchar.

Y es que hay historias de niños que están en coma pero viven en piscinas, historias de jóvenes que se escapan y logran cumplir los deseos de otros, historias de adolescentes que aman su caos y viven en islas desiertas.

Todas son historias de la otra orilla, aquellas que cuando has sufrido son las que te salvan. Cuando enfermas, jamás es importante la inteligencia; lo que te salva es la imaginación.

ALBERT
Barcelona, septiembre de 2022

1

PÁRPADOS EN LA NARIZ
Y PESTAÑAS EN LOS OÍDOS

JANO

Jano despertó aquella tarde de la siesta entre sudores. No era la primera vez, esa semana le había ocurrido día sí, día también. Odiaba echarse siestas, pero la vida en el hospital te lleva a dormir entre horas para hacer más liviana la existencia allí.

Tardó en abrir los ojos, aunque sabía que estaba despierto. Muchas veces soñaba que no estaba en aquel hospital, aunque su olfato se lo confirmaba y no lograba taponar el olor de ninguna forma. Pensó que deberíamos tener párpados en la nariz para evitar que los olores delaten dónde nos encontramos y pestañas en los oídos para lograr filtrar los sonidos que le recordaban que estaba en aquella odiosa planta del hospital.

Llevaba allí desde los once años, entre tratamientos y operaciones. Y cuando vives tanto tiempo en un hospital, sabes que llegará un instante en que te enfrentarás a tu momento crucial, que definirá si seguirás con vida o morirás. La gente siempre dice que si mueres pierdes la batalla; yo siempre he creído que en realidad es un empate porque el bicho también pierde. Y si ganas te consideran un héroe, aunque en realidad no lo seas. Todos son supervivientes, sólo que unos siguen respirando.

Pero para llegar a un camino u a otro, has de superar ese instante de gran batalla. Y, como todo gran combate, es duro de enfrentar.

Jano sabía mucho de combates, había perdido una mano y un trozo de pulmón, pero también era consciente de que aquello sólo eran arañazos de la bestia. Le quedaban pocas horas para enfrentarse al gran combate, a primera hora de la mañana del día siguiente estaría cara a cara contra su gran némesis. Con tan sólo diecisiete años y seis de batalla, su momento cumbre había llegado.

Quizás por ello esperó tanto a abrir los ojos y deseaba estar en otro lugar, sentir que todo había sido un mal sueño, que era un chico normal como su hermano y que su máxima preocupación era decidir qué camiseta comprarse, quién le gustaba o por qué suspendía aquella odiosa asignatura que se le atragantaba.

Pero no, sus problemas versaban sobre la vida o la muerte y él era el último de su estirpe. Había tenido un grupo de amigos en el hospital, todos con un cáncer distinto. Se lo habían pasado genial en diferentes épocas de su vida, pero con los años todos habían ido muriendo y dejó de tener ganas de socializar en grupo en aquel hospital.

Sí, todos los de su camada habían muerto, él era el último mohicano, pero ni tan siquiera tenía cresta. Se sentía solo y diferente. Cada semana ingresaban más chicos con cáncer; siempre hay más chicos con cáncer, eso jamás se acaba, pero él no tenía ganas de congeniar con ellos. Estaba cansado de ser amable con los recién llegados, de amarlos para perderlos. Supongo que es difícil de comprender, pero cuando has perdido a tantos de joven, ya no deseas conocer a más para volver a perderlos.

Finalmente abrió los ojos y, como imaginaba, estaba en aquella fría habitación de hospital. Le agotaba pensar que en pocas horas le abrirían la cabeza. Sabía que sólo tenía un uno por ciento de posibilidades de que todo saliese bien. Ojalá estuviese en ese instante en la playa con sus amigos. Ojalá fuera un niño normal, aquel chico del chándal verde que había sido, que jugaba doce partidos de tenis en un mismo día con chavales de diferentes edades y que se sentía el mejor tenista del mundo.

En aquella época tan sólo era el chaval del chándal verde. Ahora ya no, ahora era el gemelo del cáncer, el calvo, el enfermo, el chico que seguramente moriría.

Tenía claro lo que haría aquella última noche. Sólo necesitaba que pasaran los minutos hasta que su hermano llegara.

Le había prometido que llegaría a las siete de la tarde, pero su hermano nunca cumplía; hay gente que no entiende de puntualidad porque tiene todo el tiempo del mundo. Ése no era su caso, cada minuto podía ser el último.

Sintió que le podía dar uno de sus ataques de ansiedad, así que respiró hondo y se puso música en sus cascos. Le encantaba huir de cualquier lugar a través de la música, desde los once años escuchaba música a todas horas para poder neutralizar esos sonidos de hospital. Era la persona que más veces había dormido junto a mitos de la música, metafóricamente, claro, pero era así y ellos le habían salvado de los gritos de dolor y el silencio nocturno.

Esas canciones le habían permitido huir de una realidad que a veces era complicada de asumir. Puede haber mucha violencia en un hospital; ojalá los únicos ataques que existieran contra otro en este mundo fueran los de felicidad.

2

EL MAYOR DESPRECIO
ES EL SILENCIO

RUBÉN

El despertador sonó, pero Rubén no se despertaba. Le había prometido a Jano que estaría en el hospital a las siete en punto, pero el sueño le había podido. Aquel día había querido echarse una siesta después del cole, pero no calculó lo cansado que estaba y se había quedado totalmente dormido. Esa vida de compaginar el colegio con el hospital le dejaba agotado.

Sabía que si no se levantaba, aparecería su madre y le recordaría que tenía que cuidar de su hermano aquel día tan importante. Y lo haría con aquel tono, como si él pudiera olvidar que en los últimos cuatro años había sido el hermano con suerte en este mundo. Era el afortunado, se lo decía todo el mundo. El hermano gemelo sin cáncer.

Alguna vez deseaba responderle a gritos que tampoco era fácil para él. No podía contar ningún logro diario; qué importaba que aprobara una asignatura, que le hubieran cogido para los intercoles de balonmano o que le gustase mucho aquella chiquilla que conoció en la discoteca… Sabía que, si lo dijera, le responderían que eso no tenía valor en comparación con lo que pasaba Jano; bueno, seguramente ni eso, le escucharían y poco más. El desprecio más grande es no dar valor a tus palabras y devolverte tu intenso discurso con silencio. No discutir, no dar valor a tus razones es la forma más rápida de silenciar a cualquier persona.

Odiaba ir al hospital, de qué servía. Jano últimamente casi no le hablaba y ambos se quedaban en silencio mirando programas de televisión que no les interesaban a ninguno de los dos, y a veces ni eso, él se ponía los cascos de música y le ignoraba.

Desde hacía meses ya no era el mismo. Estaba cabreado con todos, pero sobre todo con él. Rubén notaba que, cuando Jano le miraba, parecía que le diera asco. No era de extrañar, eran gemelos, de aquellos idénticos, hechos como una copia uno del otro. La misma peca al lado del mismo pezón y el mismo tamaño de todos los dedos de los pies.

Pero el cáncer había destruido la perfección de la copia. Rubén no tenía una cicatriz cerca del pulmón, en su espalda no había ninguna marca que le cruzara diagonalmente de un lado a otro y todavía conservaba ambas manos.

Le resultaba doloroso ver a su hermano mutilado, de alguna manera era como ver su mala suerte en un espejo roto, su vida alternativa en un universo distópico.

Finalmente se levantó de la cama, fue al baño, se miró el rostro; él también comenzaba a asquearse de sí mismo. Estaba tan harto de su cabello rubio tan bien cortado, sobre todo porque su hermano estaba calvo. Odiaba en especial cómo él le miraba el pelo, esa diferencia tan obvia lo mataba; además, en doce horas ya no sería sólo el pelo, sino que Jano tendría una cicatriz en forma de media luna en la cabeza que acentuaría las diferencias. No quería ni pensar en ello, golpeó aquel cristal con rabia, pero la vida no es como las películas, no es tan fácil romper un espejo.

Pensó que, al final, ser diferentes sólo depende de cuántos estén a tu lado, en tu bando. Él tenía a muchos chavales que se le parecían porque vivían su misma situación y sus mismos problemas.

Lanzó un puñetazo con rabia una segunda vez contra el espejo con idénticos resultados. Como no pudo descargar su rabia haciendo añicos su reflejo, cogió la maquinilla con la que se depilaba las piernas los días de partido y supo que se pelaría al cero. Estaba harto de esa melena perfecta. Deseaba cambiar de bando.

Por unos minutos, mientras se rasuraba, se sintió libre; parecerse a él lo calmó momentáneamente.

Le vino a la mente ese instante en que ambos gemelos sacaban punta al lápiz en un extremo de la clase donde estaba la papelera. Allá se contaban secretos y eso fue lo más parecido a la felicidad, junto a aquel momento en que de pequeños hicieron una fogata en pleno campo con su abuelo. No estaba preparado para perder a su hermano.

También le vino a la mente una pregunta: ¿qué ocurre cuando alguien se queda sin secretos y su vida no tiene nada que ocultar a otras personas?

3

LOS MONSTRUOS SIEMPRE VAN EN SENTIDO ANTIHORARIO

JANO

La enfermera que hablaba con diminutivos llegó a las siete y media. Siempre llegaba puntual como un reloj y sólo para ponerle una mierda de termómetro. Era como si quisieran activar a todos los enfermos antes de la cena, como si ellos fueran el motor de aquel lugar y debieran molestarlos para que todo funcionase.

—¿Ya despierto, guapetoncillo? —dijo aquella enfermera, como lamentando no poder despertarle de la siesta con la luz de los fluorescentes.

Jano odiaba sus diminutivos, ése en particular. Cuando le decían «guapetoncillo» o «jefecillo», se ponía de los nervios, porque no era ninguna de las dos cosas y seguramente la falta de esas cualidades era lo que llevaba a que la gente le llamase así. Pero había aprendido a ocultar sus emociones, así que tan sólo sonrió. Su sonrisa era espectacular y, él lo sabía, la gente se desarma ante una buena sonrisa. La tenía muy ensayada, mostraba sólo una parte de los dientes, se mordía el labio y luego explotaba entera. Nunca le fallaba.

—Mañana es tu gran día —dijo la enfermera sin pensar en lo que implicaban esas palabras.

—Mejor que sea el gran día del doctor Elías. Eso hará que también sea mi gran día —respondió Jano sin evasivas.

La enfermera que hablaba con diminutivos rio. Seguramente le contaría eso al médico cuando se lo encontrase. El doctor Elías era un buen tipo: siempre decía lo que querías oír y lo que no deseabas conocer. Nunca te mentía y, sobre todo por eso, era un gran médico. Además, siempre había pensado que era curioso que los árbitros y los médicos sean de las pocas personas a las que la gente llama por su apellido, quizás porque ambos tienen profesiones de poder que pueden cambiar un resultado.

El doctor ya le había dicho en varias ocasiones

que lo bueno de tener un cáncer en el cerebro es que si la operación sale bien y todas las fibras son exterminadas, estás curado, porque el cáncer no reside en ningún lugar más del cuerpo, no se reproduce de la nada y eso equivale a un jaque mate. Pero si no sale bien, el tumor te puede joder la capacidad de pensar y de ser tú mismo, además de extenderse por todo el cuerpo.

Sí, el doctor Elías se lo había contado de esa forma, sin buscar evasivas, mirándole a los ojos y sin ningún tipo de contacto físico absurdo y paternalista. Es como cuando le dijo que el cabrón del cáncer va en sentido antihorario. Así supo Jano por qué no le hacían nunca radiografías de la parte izquierda del cuerpo. El tigre había ido hacia arriba y hacia la derecha.

El doctor Elías había logrado salvarle la mano una vez: le puso una mierda de hierro frío de titanio en lugar de su hueso. Cada noche que aquello estuvo en su cuerpo sentía ese frío; tenía mano, pero esa sensación de congelación interna y la falta de movimientos reales en la mano era insoportable. Cuando el cáncer reapareció, agradeció perder esa mano fría porque era como llevar una parte de muerto encima. Sí, ahora le faltaba una mano, pero ya no olía a muerto, y eso lo agradecía tanto… Lástima que no lo pudiese compartir con mucha gente porque no le entenderían. No era humor negro, era su realidad.

Mientras la enfermera le tomaba otras constantes, él pensó cuánto necesitaba salir vivo de aquel lugar. Se lo merecía, pero también todos los que perdió, y él no era ni el más guapo, ni el más inteligente ni tan siquiera el que más había luchado. Ésa era la verdad y no se quería engañar.

—Treinta y ocho y medio. Es una fiebrecilla muy altita. Llevas toda la semanita igual. Espero que puedan operarte.

Daba igual lo que dijera esta enfermera, le operarían de todas formas. Se lo había dicho la del turno de noche: había mil formas de bajar la fiebre antes de una operación; aquella chica le encantaba, no se andaba por las ramas, era muy como el doctor Elías. Ambos se miraban de una manera especial, seguramente se acabarían liando; la gente que es igual de honesta y directa acaban conectando, aunque sea deshonestamente, porque ambos tenían pareja.

Miró la hora: su hermano se habría dormido, lo presentía. Malditas siestas después del colegio. Todo el plan al traste por ese egoísta que lo tenía todo y no lo valoraba. Le supo mal pensar así, últimamente se había alejado de él y sabía que era por preguntarse por qué le había pasado eso precisamente a él. Había olvidado que hacía tiempo que había aprendido que el porqué sólo te lleva a la tristeza y a la desesperación. Pero supongo que aquella operación a vida o muerte había hecho mella en su confianza.

La enfermera se marchó y le tocó cariñosamente la cabeza. No le gustaba nada que le acariciaran como a un niño, pero para ella Jano lo era; le había visto crecer en aquel hospital y para ellos siempre serás ese niño con cáncer que ha ido creciendo. Hasta cuando te crece el pelo entre tandas de quimio te dicen que te queda muy bien la calva. A veces todo es muy absurdo en el hospital.

Se quedó otra vez solo en la habitación, otra vez conviviendo con aquel lugar que le era ajeno pero que había aceptado como propio. Ojalá Rubén llegase pronto, necesitaba tanto salir de allí y recuperar algo de lo que había sido…

Se quedó mirando fijamente la puerta como en tantas ocasiones, contando los segundos mentalmente y esperando que se abriese. A veces funcionaba y al llegar a cien aparecía una visita inesperada. Con su padre tenía el código compartido de que tocase el claxon dos veces cuando pasase cerca de la habitación y así él sabía que estaba llegando.

A veces en sueños escuchaba esos cláxones; siempre deseas visitas, que el aire de fuera te inunde, que sus problemas colisionen y cubran tu realidad.

4

ORBITAR ALREDEDOR DE DIFERENTES MIEDOS

RUBÉN

La cara de los padres de Rubén cuando lo vieron sin pelo fue terrible. Su madre se levantó y sin mediar palabra le soltó un sopapo en plena mejilla izquierda. Debió de resonar en todo el bloque del edificio.

Eso indignó tanto a Rubén… Nadie le había preguntado, antes de abofetearlo, por qué lo había hecho. Les habría contestado que era un regalo para Jano, para que olvidara aquel precioso pelo rubio que él también había poseído.

—¿Precisamente hoy tenías que hacer eso? ¿No te das cuenta de qué sentirá tu hermano? —le recriminó su madre.

Y comenzó a llorar. Rubén no supo qué contestar, sabía que dijera lo que dijese la cagaría todavía más y, por otra parte, la tensión que ella vivía no tenía que ver con él, sino con aquel día clave para todos.

—¿Entiendes lo que te dice tu madre? Quizás no deberías ir hoy con esas pintas al hospital —añadió su padre.

Su padre no lloraba. Rubén sabía que hacía tiempo que se le habían secado las lágrimas, era un tipo que llevaba seis años paralizado, repetía casi todo lo que su mujer pensaba y en el fondo deseaba que aquella pesadilla acabase cuanto antes. Llevaba un diario donde apuntaba todo y que seguramente nadie leería. En su interior ansiaba que su hijo muriese, pero no porque quisiera perderlo sino porque necesitaba cerrar aquella etapa de dolor que no sabía manejar. Siempre que compraba una libreta nueva sentía la constatación de que aquello no acabaría nunca. Ya llevaba catorce.

—¡Es un homenaje, es un puto homenaje a su lucha. Él lo entenderá. Os lo prometo! —chilló Rubén.

Su madre entonces comenzó a pegarle nuevamente, jamás le había pegado de esa manera. Rubén lo aceptó, sabía que no le golpeaba a él, sino al cáncer que había jodido aquella familia. Azotaba pensar que quizás mañana perdiera a un hijo y el otro, por un corte de pelo, se pareciera tanto a él en aquel entierro que todos habían imaginado alguna vez.

—No tendría que ir él. Quizás mañana perdamos a Jano, ¡no sé por qué no podemos ir nosotros al hospital! —chilló la madre—. Soy su madre. Si le tocan algo del cerebro y mañana no es él mismo, quiero poder disfrutarlo un día más.

—Sólo nos ha pedido eso, debe de necesitar despedirse de Rubén. Mañana le tendremos con nosotros, cálmate —le respondió su marido sin abrazarla.

Hacía años que, con la llegada del cáncer, habían perdido el sexo, los abrazos y los besos. Efectos secundarios del cáncer en otras personas.

—Y mira cómo se lo paga este desagradecido —le remató con un último cachete más que Rubén aceptó, sabía que era el peaje por ser el hermano sano.

Su madre aún lloraba cuando él se marchó hacia

el hospital. Llegaría tarde otra vez, pero qué importaba: Jano seguramente no hablaría con él y pasarían aquella noche sentados en la habitación, Jano escuchando música y él haciendo pequeños dibujos en un papel; siempre le calmaba dibujar, aunque nunca acabase ninguno de ellos, jamás había tenido constancia.

Ya se imaginaba que Jano le había pedido que fuera a dormir con él para no tener que soportar el dolor de su madre y la quietud de su padre. No le interesaba su compañía, lo que deseaba era no tener que soportar más un dolor ajeno que no le aportaba nada y sólo le traía más preocupaciones.

Ojalá recuperara a su hermano, llevaban tiempo en diferente órbita alrededor de distintos miedos. Necesitaba sentirlo cerca, aunque no se atrevería a decírselo. Sonaba tan egoísta, pero echaba de menos lo que siempre habían sido: una misma alma que recorría dos cuerpos idénticos.

5

EL ESTADO IDEAL
DE LA VIDA

DOCTOR ELÍAS

El doctor Elías estaba en la habitación de los fantasmas de su casa, que había creado en el sótano y que no permitía que nadie visitara. El día anterior de cualquier operación siempre acudía a aquel lugar que él se había creado con el fin de espolearse y encontrar energía para rendir mejor.

Allá tenía fotos de los chicos que había perdido o imágenes que había tomado de los que estaban aún vivos pero a los que había tenido que mutilar para salvarlos. Intentaba sacarles fotos cuando no le veían, fuera del hospital. Ellos, los chavales, tenían sus fantasmas, la sensación de que aún notaban los trozos que él les había arrebatado. Él, en cambio, tenía sus propios fantasmas: las partes del cuerpo que esos chicos aún conservaban. El resto del fantasma que aún respiraba podía decirse que se había convertido en su propio fantasma.

No se entretuvo en exceso en aquella habitación. Simplemente miraba esas fotos como una motivación personal para poder operar mejor. No quería perder a ningún chico más. Y menos aún a Jano, ya le había robado una mano y un pulmón y no deseaba arrebatarle nada más. Era un chico muy especial, el doctor nunca había tenido coraza y los pacientes eran sus amigos.

Sabía que abrir una cabeza tenía mucho riesgo. Necesitabas sobre todo al mejor anestesista, que dejase al paciente lo suficientemente despierto en la operación, de forma que pudiera ayudarlos mientras hurgaban en su cabeza, y lo suficientemente drogado para que no sufriera ningún tipo de dolor.

Él llamaba a esa anestesia justa «el estado ideal»; pero no sólo en una operación; pensaba que deberíamos sentirnos así en el día a día. Poder colaborar con la vida, pero que ésta no nos hiciera daño. Ojalá siempre pudiéramos ir un poco anestesiados y sentir ese estado ideal.

También había en aquella habitación una foto de su pareja, otra víctima más de su falta de destreza. A nivel personal su matrimonio hacía aguas, como la mayoría de las relaciones de los padres de sus chicos. El cáncer destruía parejas y, sobre todo, destruía las relaciones de los médicos que curaban esas enfermedades. Traer trabajo y muertes a casa diariamente destruye cualquier relación, por fuerte que haya sido.

Además, el amor y el sexo ya no estaban en esa casa. Cada uno se quedaba en su lado de la cama, a veces con los ojos abiertos pero sin tocarse. El ser humano puede comportarse de manera muy absurda hasta que decide romper algo que ya está muerto.

Él había buscado el amor y el sexo, quizás más el sexo que el amor, en su hospital. Aquella enfermera de noche y él llevaban juntos más de dos años. Se sentía mal, no por mentir, pues su mujer no sabía nada, sino porque iba en contra de lo que siempre habría pensado que haría cuando tuviera pareja. Su padre hizo lo mismo y él se prometió que jamás lo haría. Qué absurdo incumplir tus propias promesas.

Podía descubrirse todo el pastel esa misma tarde, hablar con su mujer y decirle la verdad, pero sabía que aquello tendría consecuencias al día siguiente, en la operación de Jano, y el trabajo siempre estaba por encima de su vida.

Esperaría un tiempo más, quizás cerca de las vacaciones de verano, que es cuando la gente tiene más ánimos de rehacer su vida. Lo notaba en los pacientes a los que diagnosticaba en esa fecha; el buen tiempo y los días más largos hacían que siempre tuvieran mejor pronóstico que los que conocían la noticia en pleno invierno.

Echó un último vistazo a las fotos de aquellos cinco chicos, los últimos que había perdido, los amigos íntimos de Jano; se sentía tan mal por no haber podido salvarlos… Salió de aquella habitación y se dispuso a hacer lo que debía para salvar esa vida.

Sabía que debía conseguir el mejor anestesista, costara lo que costase. Cogió la caña de pescar de su padre, por la que le habían llegado a ofrecer cinco mil euros si alguna vez la vendía. Nunca la había utilizado y decidió que aquello sería el anzuelo perfecto para lograr parte del éxito de la operación. Le gustaba esa caña, su padre se la regaló cuando le contó que se divorciaría de su madre y le llevó a pescar por primera vez. Poco más sacó de aquel hombre a partir de ese instante.

Muchos años más tarde le operó y la intervención no salió bien; tenía un tumor en un lugar al que era casi imposible llegar, quizás nunca debería haberlo abierto, aunque intentó durante trece horas que aquello funcionase. Tuvieron que sacarle de la mesa de operaciones y otro médico fue el que certificó la hora de la muerte. Nunca se sintió muy culpable. Fue el karma perfecto, su padre mató a su niño interior y años después él mató a su padre. El karma siempre es circular con los que no te cubren el karma. Todo aquello no fue premeditado, pero esa pérdida le curó de un gran complejo de inferioridad y soledad que llevaba encima desde pequeño. De alguna forma, cuando su padre por fin desapareció, mató la parte que había creado para agradarle y se sintió más completo.

Su mujer le deseó suerte sin mirarle a los ojos; él lo agradecía. Ella siempre los llamaba «chavales». «Suerte con el chaval», «que vaya bien con las chavalas». Nunca se aprendía los nombres porque sabía que no duraban mucho.

6

DEBERÍA ESTAR PROHIBIDO
QUE EL ROCE DE LA PIEL
NO PERMANEZCA
LARGO TIEMPO EN LA MEMORIA

RUBÉN Y JANO

Rubén estaba en la puerta de la habitación de Jano, la 214, pensando si entrar o no. Jano estaba solo desde que había muerto su última compañera de habitación hacía unos tres meses. Aquella chica se apagó muy rápido y, después de aquello, Jano dejó de ser Jano. No entendía por qué no le volvían a poner ningún compañero de habitación, pero imaginaba que era para darle su espacio. Eran cosas de las que no hablaban.

Llegaba cuarenta y cinco minutos tarde y sabía que le caería una buena bronca, aunque había ido corriendo desde que había salido de casa. Le había comprado un cruasán de chocolate, pero se había comido los cuernos y no sabía si se lo perdonaría. Necesitaba energía para llegar y a su hermano no le gustaban los cuernos. Pensó que debería haber un nombre para los cruasanes sin cuernos.

Llamó a la puerta, no supo por qué lo hizo, siempre entraba directamente, pero quizás aquel día era especial. Además, no sabía qué pasaría cuando le viera sin pelo. Tal vez lo echara o lo abofeteara como su madre; pasara lo que pasase, lo aceptaría sin protestar. Estaba cansado de discutir. Había aprendido hacía tiempo que entre tener tranquilidad o tener razón, prefería lo primero, porque lo segundo ya sabía que lo tenía.

Jano no contestó, pero Rubén oyó el ruido de unos pasos que era idéntico al que él emitiría si anduviese por aquella habitación, pues pesaban lo mismo y caminaban de manera semejante. Al abrir la puerta, observó la cara de Jano y vio que había acertado con el cambio de look.

Jano sonrió mucho al verle, hacía tiempo que no le obsequiaba con aquella increíble sonrisa que tenía; había valido la pena el corte radical.

Ahora ambos parecían totalmente idénticos, excepto por aquella mano, bueno, aquella falta de mano.

Jano se puso a reír y eso hizo que Rubén se quedara todavía más fascinado y le acabara abrazando; hacía mucho que eso no sucedía. Sintió su cuerpo y, cuando hace tiempo que no tocas la piel de alguien a quien amas, sientes cuánto le has echado de menos. El roce de la piel no permanece en la memoria, ni su forma, ni su olor ni su tacto: debería estar prohibido.

Y es que Rubén amaba a Jano. La gente es tan idiota que piensa que amar contiene sólo unos sentimientos relacionados con el sexo, cuando amar es el sentimiento más enorme que existe. Y los hermanos, los pocos que se llevan bien, pueden llegar a amarse. Tener un hermano que te ama es uno de esos grandes dones que te da el universo; la mayoría hemos de buscarnos los hermanos durante toda la vida por el mundo, pero jamás encontramos lo mismo.

Jano también amaba con locura a Rubén, sobre todo después de ver cómo intentaba cuidarle, aunque a veces sentía celos de que, teniendo el mismo ADN, sus suertes fueran tan dispares. Se sentía culpable de pensar todo eso, no deseaba que su hermano estuviera enfermo, ni mucho menos.

Un día, un residente de segundo año le intentó explicar el porqué de su mala suerte en comparación con su hermano, algo relacionado con la epigenética. Jano no le prestó atención, porque no era una explicación científica lo que quería escuchar, sino algo tangible y fácil de comprender. Y la verdad es que eso no existía, todo era una cuestión de suerte, de mala suerte, como él sospechaba.

Jano no le devolvió el abrazo. Rubén se sintió herido, pero comprendió que quizás todavía no era el momento. Y es que, aunque dos se abracen, uno siempre hace el trabajo duro para que aquello dure.

Rubén rompió el silencio, que sólo entrecortaba la tele del enfermo de la pared de al lado con un programa de tarde trasnochado y repetitivo.

—No sabes la bronca que me ha caído, pero ha valido la pena sólo por ver tu reacción. Mamá no entiende por qué no quieres que vengan, está como loca. Te he traído un cruasán de chocolate sin cuernos, pero si prefieres otra cosa, puedo ir a la máquina, a la pastelería o a la pizzería de al lado del hospital y comprarte algo bueno para cenar. He traído mi propio dinero.

Jano no respondió. Odiaba la máquina, no tenía nada que le gustase. Y lo de la pastelería o la pizzería sonaba a última cena de un condenado a muerte. No lo dijo porque no quería que su hermano se sintiese mal, sabía que lo intentaba con todas sus fuerzas y, cuando alguien lo intenta, como mínimo hay que valorárselo. Hay tantos que ni lo intentan... A muchos de sus amigos no había vuelto a verlos, y mira que es fácil apoyar a un chico con cáncer: llámalo una vez a la semana, háblale de cualquier cosa y te lo agradecerá siempre. Constancia y tiempo, pero la gente abandona rápido.

—En serio, no me cuesta nada. Pídeme lo que quieras y te lo consigo —volvió a ofrecerse Rubén.

Jano tardó en contestar, cerró la puerta y se tumbó en la cama. Lo que le iba a decir llevaba pensándolo durante casi tres meses, el mismo tiempo que había pasado desde que había perdido a Yolanda, su última compañera de habitación. Esperaba que su hermano le comprendiese, lo había ensayado en numerosas ocasiones en silencio, que es cuando todo sale perfecto.

Rubén se extrañó de ese silencio, se sentó en el

sofá cama y lo tocó sin que su hermano se diese cuenta; aquella noche dormiría allí y quería palpar si el colchón era blando. Sabía que era un problema estúpido en comparación con el que vivía Jano.

Su hermano se fijó en aquel gesto disimulado sobre el colchón y esbozó una sonrisa, pero no dijo nada, sino que decidió ir directamente al grano. Cada segundo contaba en aquel día.

—Necesito salir, Rubén, eso es lo que necesito. Quiero marcharme y hacer algo diferente a lo que he vivido durante casi toda mi vida. Mañana quizás muera, los dos lo sabemos. Y me faltan muchas cosas por sentir. Ni pasteles, ni pizza ni mierda azucarada de la máquina, sino emociones que desconozco y que me debo. Por eso te he pedido que vinieras hoy. ¿Te parece bien?

Rubén no le entendió. ¿Quería que saliesen juntos de juerga a pocas horas de una operación a vida o muerte? No le contestó todavía, sabía que Jano no se quedaría en el planteamiento, lo conocía tan bien como a sí mismo y sabía que se explicaría más si él no replicaba nada.

—Si te quedas en mi cama toda la noche, no se enterarán del cambio. Lo único que tienes que hacer es no mostrar la mano, cógelo todo con la otra. Prometo volver a las seis de la mañana, que es cuando vendrán los papás. Me llevaré el móvil y te llamaré si hay cualquier problema, pero me estoy volviendo loco aquí. No sé si lo puedes entender, necesito salir.

Rubén lo comprendía a la perfección. A nadie le gustan los hospitales, nadie ama estar entre cuatro paredes que huelen a medicina durante tantos meses. Pero también sabía que, si algo salía mal, él sería el responsable. Había prometido cuidarle toda la noche y en su rostro aún notaba los cachetes de su madre.

Pero también sabía que si le respondía aquello, su hermano lo desactivaría inmediatamente con promesas. Promesas de que nadie se enteraría, promesas de llegar a la hora y promesas que él entendería a la perfección.

Podía pedirle que se fueran juntos, pero aquellas enfermeras eran como leonas, no los dejarían marchar, y menos aún teniendo una operación de riesgo al día siguiente. Sus padres tampoco lo entenderían, aún eran menores, y quién se arriesgaría a dejar libre toda la noche a un chico con un tumor del tamaño de un pomelo en su cabeza.

Su hermano mayor le miraba con seguridad, presentía que tenía aquel plan en mente desde hacía tiempo y que lo había estado maquinando mientras escuchaba cíclicamente su música.

Se imaginaba qué cosas deseaba hacer su hermano. ¿Sexo? Seguramente se refería a eso aunque no lo dijese de manera abierta. Aunque quizás sólo quería ver el amanecer borracho o hablar con desconocidos de esos que te abren los ojos gracias a una conexión nocturna.

Tenía claro que aceptaría, y si le hubiese propuesto cualquier otra locura, también habría hecho lo mismo. Daba igual, era su hermano y no le iba a dejar en la estacada. Eso es lo que diferencia a unos hermanos de otros. Decidió no escatimar tiempo en discusiones que perdería, aunque una pregunta le rondaba por la cabeza.

—Y si no me llego a pelar, ¿qué hubiéramos hecho?

Jano abrió un cajón y le enseñó una maquinilla preparada para raparle.

—Esperaba convencerte, pero el destino nos ha echado un cable —respondió.

Rubén entonces se puso a reír al entender la reacción de alegría de su hermano cuando le vio. Lo que sucede conviene, pensó. Esta vez fue Jano quien le abrazó, y eso emocionó a su hermano; esta vez fue él el que no supo cómo reaccionar. Le desarmaba cada contacto físico que añoraba tanto.

—Ayúdame, Rubén —le susurró Jano mientras le abrazaba.

Casi brotaron dos lágrimas del rostro de Rubén pero consiguió pararlas; sabía que eso no ayudaría en ese instante. Ahora fue él quien no devolvió el abrazo ni hizo el trabajo constante para mantenerlo.

—Está bien, pero vuelve a las cinco y media como tarde. Mamá siempre quiere venir antes y seguro que también aparece por aquí tu médico.

Jano sonrió como hacía tiempo que no lo hacía; estaba pletórico.

—¿Llevas algo de dinero para dejarme?

—Tengo doscientos euros. Son míos, los he traído por si tenías hambre y querías pegarte un atracón.

—Perfecto.

Le encantó que el dinero fuera de él, tenía más valor que si se lo hubieran dado sus padres. El hermano menor se los dio mientras se comenzaban a desvestir.

Lentamente, Rubén le dio la camiseta verde y los tejanos rotos que llevaba y se puso su pijama azul pálido. Aquella ropa olía a su hermano enfermo. Suspiró cuando se la puso, notó su dolor y le invadió hasta un ligero cansancio. En cambio, Jano se sintió mejor sólo con ponerse la ropa de su hermano. Recuperó su humor, su felicidad y su energía de vivir. Usaban la misma talla, así que a los dos les quedó la ropa del otro como un guante.

Era irreconocible el cambio, parecía que nada

extraño hubiese pasado en aquella habitación. Su hermano mayor le abrazó muy fuerte y el menor mucho más; los dos trabajaron para que aquel instante durase.

Sólo los separaban dieciocho segundos, pero les gustaba que uno fuera el mayor y el otro el menor. Y entonces lloraron con ese abrazo, era casi una despedida, pensaron que nada superaría aquel momento, ni siquiera el instante en que se llevaran a Jano a la operación.

Jano vestido como Rubén se marchó de la habitación. Rubén vestido como Jano se metió en la cama. Decidió no pensar en qué significaba aquello. Siempre había querido entender qué sentía su hermano enfermo y por fin lo había logrado; en un minuto se sintió como él y se dio cuenta de que desde esa cama todo se veía diferente e incluso la habitación parecía más oscura y tétrica. Era como si las luces estuvieran colocadas para la buena visión de las visitas y no para la del enfermo.

Rubén gritó el nombre de Jano, aunque éste ya no estaba en la habitación. Jano apareció al momento, todavía estaba en el otro lado de la puerta, como esperando ese grito por si su hermano cambiaba de opinión al tumbarse en la cama. Cuando le vio, dudó si había gritado el nombre correcto: era su viva imagen.

—Vuelve. Promételo, Jano —dijo Rubén.

Jano sonrió y se marchó. No se lo prometió, pero qué otra cosa podía hacer sino volver. No iba a dejarle tirado para que le abrieran la cabeza.

7

LA NOCHE QUE
NOS ESCUCHAMOS

JANO

Jano pasó al lado del puesto de enfermeras intentando no cruzar la mirada con nadie. Notó que la enfermera que hablaba con diminutivos estaba al final del pasillo por el que tenía que pasar para marcharse de allí, pero no le prestaba atención porque estaba esperando que llegase su sustituta para acabar su turno. En esos instantes sólo deseaba abandonar cuanto antes aquel lugar e intentaba que nada la retrasara.

Dudó si dar marcha atrás, pero estaba convencido de que, si ella lo paraba, podía persuadirla de que era su hermano, que se había rapado al cero para darle una sorpresa y que ahora iba a buscarle la cena. Sobre todo debía impregnar el asunto de normalidad.

Además, seguramente ni se fijaría en él, iba vestido de calle y aquello era como un salvoconducto en toda regla. Nadie en un hospital presta una atención excesiva a las visitas. Siempre había pensado que si quieres robar, sólo tienes que fingir que vienes a ver a alguien, en una de las plantas de cualquier clínica, y llevarte lo que quieras de la habitación donde el enfermo dormite. Si el paciente está despierto, te disculpas por haber entrado en la habitación equivocada y te marchas. Además, el poco dinero que guarde allí siempre estará en el armario debajo de la ropa, lo tenía comprobado.

Cuando llegó a su altura, la enfermera se giró y le sonrió mientras intentaba ayudar a un paciente a levantarse de la silla de ruedas para que probase a dar dos o tres pasos que éste no quería realizar.

—¿Qué ha opinado tu hermano de la rapadita? ¿Le ha hecho gracia? ¿Vas a buscarle pizzita, Rubén?

Se dio cuenta de que aquella enfermera seguramente había hablado con su hermano cuando éste llegó y que él le había contado la sorpresa que le había preparado. Seguro que había sido así: aquella mujer hablaba con todo el mundo porque se sentía muy sola, o esa era la impresión que siempre había tenido Jano. La conocía desde hacía mucho tiempo, cuando era la ayudante en la quimio y le traía la palangana para vomitar. Siempre había sido muy maja y en aquel tiempo aún no hablaba con diminutivos. Jano creía que esos diminutivos nacieron como una coraza para no implicarse excesivamente con sus pacientes. Estaba seguro de que fuera de allí jamás los utilizaba.

Jano simplemente sonrió como lo hacía su hermano y asintió con la cabeza. Rubén nunca había sabido sacarle partido a su sonrisa. Prefirió no hablar porque no deseaba cometer ningún error, sólo soñaba con irse cuanto antes de aquel lugar y poner en marcha su plan.

La enfermera parecía que iba a repreguntar, pero no pudo porque el hombre al que ayudaba casi se tropezó después del primer paso. Así que Jano aceleró un poco más camino del ascensor.

Deseaba tanto abandonar aquella planta…, aunque no tenía dudas de que desearía volver en cuanto hubiera hecho todo lo que necesitaba hacer. No era ningún cobarde, no se marchaba para quitarse ese marrón de encima ni tampoco para suicidarse, él era un león en muchos sentidos, pero hasta éstos necesitan libertad para comportarse como tales.

Sabía que podía haber hablado con sus padres y su médico y solicitar ese tiempo. El doctor Elías lo habría entendido, y quizás habría hablado con sus padres para convencerlos, pero, aunque le hubiesen dado permiso, se habría sentido observado toda la noche, y lo que necesitaba era no sentirse vigilado.

Se tocó el pantalón para asegurarse de que llevaba el trozo de papel que contenía todo lo que debía hacer aquella noche y que había introducido en uno de los bolsillos sin que su hermano se diese cuenta. No, no era una lista de cosas que desease hacer antes de morir, realmente no deseaba hacer nada especial. Era una lista mucho más importante, porque contenía deseos de otros.

El ascensor por fin se abrió. Salió la enfermera de noche, pero iba tan espitada porque llegaba tarde que ni se fijó en él. Todo su perfume le acarició el rostro; cuando estaba tumbado no lo notaba.

El elevador estaba a reventar, como siempre a la

hora de los cambios de turno. Casi habría cuarenta personas en aquel ascensor gigante que tenía dos puertas para comunicarse con ambos pasillos opuestos de cada planta. Siempre había en el ascensor alguien en silla, alguien demacrado, una enfermera, un médico y un celador. Eran como extras fijos, o al menos eso le parecía a él cada vez que lo cogía. Cuántas veces habían jugado con su grupo a esperar a que se abriera el ascensor y acertar quién habría dentro. De pequeño se divertía con cualquier cosa en el hospital; cuando la muerte acechó, todo empezó a cambiar y tuvieron que crecer. No había otra.

De repente se dio cuenta de que en el ascensor, casi pegada a la puerta contraria a la suya, estaba Irene. Iba de espaldas a él, pero la habría reconocido aunque sólo hubiera visto un pedazo de su rostro. Era tan bella, habían sentido cosas tan profundas y tan emocionantes juntos en aquel hospital... Ella ya estaba prácticamente curada, su trastorno alimentario era cosa del pasado y él sabía que parte del éxito también era suyo: la había ayudado tanto como ella le había ayudado a él. Habían remado juntos contra enfermedades cabronas. Algunos dirían que una provocada por ella y otra que había llegado por culpa de la mala suerte. Él no creía eso, él pensaba que todas las enfermedades que te acechan tienen poco que ver contigo, son iguales, no las puedes controlar.

No le dijo nada. No quería decirle nada más, ella ya sabía todo lo que él sentía y la noche anterior habían tenido una discusión fuerte de esas que se dan en los hospitales. Un amigo que ya murió le dijo una vez que cuando pasaba algo muy intenso era porque esa era una de las noches en que te escuchas. Siempre existen las noches que nos escuchamos, pero muchas veces no nos damos cuenta de que lo son. Era un sabio aquel chaval canario, echaba de menos a Guillermo y sus casi dos metros de altura. Hablaba tanto de sus islas que a veces parecía que las llevaba en el bolsillo; decía que cada una de ellas es para una década en la vida. Él estaba en Fuerteventura en ese instante vital. Cuánta inteligencia en un ser tan luminoso.

Odiaba tanto hablar en pasado de los que había perdido... Se quedó un tiempo mirando a Irene: sabía que le podía haber dicho la verdad de lo que iba a hacer esa noche, ella le habría apoyado, pero necesitaba guardar el secreto para no sentirse presionado ni observado. Siempre había pensado que si compartes un secreto con mucha gente deja de serlo.

Además, sabía que con la fuerte discusión que habían tenido ayer, no iría a verle hoy, y también era lo que necesitaba. No había tenido la discusión para evitar que conociese a su hermano, sino porque necesitaba dejar las cosas claras y no estaba seguro de que en su última noche en el mundo tuviese tiempo para eso.

Pero era bella esa casualidad, poder verla vestida de calle le ilusionaba de una manera que no esperaba. Creo que ella jamás le había visto a él vestido de calle, ni en pase de fin de semana, y es que normalmente siempre se encontraban a última hora del día, cuando ya no había visitas y tenían todo el tiempo del mundo. La verdad es que cuando todos se van, cuando el hospital se queda de guardia, siempre se agradece que tengas a un alma luminosa ingresada allí también.

Le habría hecho ilusión llamarla por su nombre, que se girara y le viera. Pero no lo hizo. Llegó a su planta y ella se marchó y luego el ascensor se paró en la planta baja y Jano salió.

Caminaba lentamente, observando las caras de todos, saboreando la huida. Se sentía tal cual como Steve McQueen. La última película que vio antes de ponerse enfermo fue *La gran evasión*. Aquella tarde tenía que hacer un cesto para plástica y debía ir a buscar el mimbre que tenía a remojo en la bañera para que se ablandara. Luego corrió al televisor y disfrutó con esa increíble huida. Siempre que pensaba en McQueen olía a mimbre.

Le encantaba el cine, sus actores favoritos eran Steve McQueen, River Phoenix y James Dean, todos muertos antes de tiempo. Era una casualidad, pero hacía tiempo que había aprendido que las casualidades significan cosas y marcan senderos.

Salió por fin del hospital y respiró feliz, se sentía por primera vez totalmente libre. Sonó un claxon dos veces; no era su padre, sino alguien que avisaba a otro coche que se había distraído en el semáforo. Puede sangrarte la nariz, que nadie te avisará de ello por la calle, pero si te quedas medio segundo parado con el semáforo en verde te avisarán al instante.

Sonrió, esta vez como Jano. Le encantaba estar pensando en necedades. Le entusiasmó ver a toda esa gente en la calle yendo en diferentes direcciones como si tuvieran un objetivo, aunque en realidad sabía que la mayoría iba sin rumbo. Le encantaba volver a disfrutar de esa normalidad, nada pesaba excesivamente.

La aventura por fin comenzaba; cuánto lo necesitaba. Miró hacia arriba en busca de su ventana. Ahora todo parecía muy lejano.

Su hermano estaba en su mundo y él en su universo. Todo parece muy difícil hasta que se hace. Le encantaba haber dado a su hermano su yo más débil. Al fin y al cabo, es lo que había hecho, y esperaba que Rubén lo convirtiese en algo fuerte.

8

SER UNA SOMBRA
DE TU HERMANO

RUBÉN

La enfermera Núria entró y le dio el ibuprofeno a Rubén; era la del turno de noche, y en aquel caso cumplía instrucciones de la de tarde para bajarle la fiebre.

Rubén escondió la mano lo más rápido que pudo cuando la vio entrar. Ahora le sobraban aquellos cinco dedos, necesitaba aprender a vivir sin ellos.

Ella le seguía ofreciendo la pastilla y tardó en darse cuenta de que era para él. Rubén la cogió pero le costaba tragársela, no le gustaban los medicamentos. Empezó a jugar con ella entre los dedos.

La enfermera le miraba fijamente. Rubén temió que reconociese el trueque, aunque se parecían tanto que era imposible. Había amigos que los conocían desde pequeños que no sabían diferenciarlos, y todo porque se fijaban en el físico; si observabas su personalidad eran muy diferentes.

—¿Qué, Jano, tu hermano ya te ha ido a buscar la pizza? Cómo te cuida…, ya me ha dicho la enfermera Marta que se ha rapado la cabeza por ti. Seguro que no le queda igual, lo tuyo es natural, tiene una belleza propia. Los que intentan imitaros pelándose no saben que no hay punto de comparación. Tómate el ibuprofeno, te bajará esas decimitas que me ha dicho mi compañera que tienes, ya sabes que más tarde no te podremos dar nada más.

Rubén se tomó la pastilla sin discutir. Su cerebro iba lento, no sabía cómo debía reaccionar, no entendía si aquella mujer era irónica o sarcástica. No se atrevía ni a hablar, pues, aunque sus voces sonaban iguales, se sentía adrenalítico y temía cometer un error. Sólo llevaba unos minutos en la piel de su hermano y jamás se había sentido tan frenético. Tenía miedo de que ella notara su nerviosismo.

—No te preocupes, le daré a tu hermano la carta mañana por la mañana, como te prometí, justo cuando empiece la operación. Cumpliré lo que te dije.

Rubén se quedó helado; no imaginaba que su hermano le hubiera escrito una carta de despedida. Aquello le emocionaba y le inquietaba.

Reaccionó rápido. Esperó que su voz fuera idéntica a la de su hermano; nadie los distinguía por teléfono y eso los había ayudado en tantas ocasiones a cubrirse el uno al otro.

—¿Me la traes? Quiero añadirle unas frases. Le he pedido a mi hermano que traiga varios platos más aparte de la pizza, así que tardará un poco en volver.

Ella le miró como si algo le sonase extraño en ese tono de voz y Rubén temió que se descubriera todo el pastel a la primera de cambio. Pero no, ella sólo se extrañaba de que le pidiese la carta, como si fuera algo que ya estuviera finiquitado y a lo que su hermano le hubiese dado muchas vueltas.

—Claro, te la traigo después de la ronda. Pero no le des muchas vueltas, ya llevas más de un mes corrigiéndola. ¿Irene vendrá esta noche o irás tú a la planta seis?

¿Irene? Quién sería Irene…, su hermano nunca había hablado de ella… Comenzaba a sentirse muy extraño siendo él; en pocos minutos estaba descubriendo toda una vida que desconocía.

Decidió simplemente sonreír como hacía su hermano. No le gustaba mostrar encanto con los desconocidos, pero era lo mejor si no quería meter la pata.

Cuando la enfermera se fue, se sacó la pastilla de la boca. No le gustaban los medicamentos y nunca tomaba nada ni siquiera para un dolor de cabeza, y menos desde que su hermano había cogido aquella mierda. Sabía que no tenía sentido, pero evitaba meterse cualquier químico en su interior.

Abrió el cajón y la lanzó allí. En aquellos cajones no había casi nada. Se sintió extraño, aquel lugar comenzaba a pesarle. Era como un decorado en el que se sentía un intruso.

Por un momento dudó en llamar a sus padres, sabía que el pacto que había aceptado no estaba bien. Se levantó de un salto de la cama, aunque su hermano le había dicho que no lo hiciera. Miró por la ventana y divisó a alguien que por la figura le recordaba a su hermano, iba corriendo a toda velocidad por la calle, era el único que lo hacía.

¿Adónde iría, a quién iría a ver, qué haría? A él le quedaban muchos días por delante en su vida y nunca tenía claro qué hacer; en cambio, parecía que a Jano le perseguía el diablo.

Comenzaba a oscurecer, se miró en el reflejo de la ventana. Intentó esconder la mano dentro del pijama; era complicado, se veían levemente los nudillos. Rasgó el dobladillo del pijama del puño izquierdo y entonces pudo hacerlo con el mínimo esfuerzo.

Tenía claro que no quería quedarse en aquella habitación tantas horas, quería sentir qué era aquel hospital, no como visita, sino como su propio hermano. Y quería saber quién era esa tal Irene que le había ocultado. Había conocido a Yolanda, la última compañera de habitación de Jano, y había percibido que se gustaban, pero nunca le había hablado de esa otra chica.

Sabía que ése no era el plan, pero al fin y al cabo jamás fue su plan.

Sin embargo, cuando iba a abrir la puerta para salir de la habitación, no se atrevió, no podía hacerlo. Se lo debía a él, a su hermano. Por una vez no tenía que tener personalidad, aquel día era una sombra de él, debía mantener su palabra.

Se volvió a meter en la cama despacio, se puso a escuchar música como hacía su hermano y esperó pacientemente a que llegara la enfermera con su carta.

Notó que sus biorritmos se acompasaban con los de aquel lugar. La habitación le comenzaba a pesar; deseaba tanto que alguien entrase en aquella habitación, aunque fuese por error, para romper esa monotonía.

Intentó continuar con uno de esos dibujos que lo tranquilizaban y fue entonces cuando se dio cuenta de que la mano que le faltaba era la misma con la que dibujaba. Hasta ese momento no se había percatado de eso, supuso que para Jano era su realidad. Empezaba a sentirse incompleto por miedo.

9

LA VERDAD FASTIDIA LAS DECISIONES TOMADAS DE ANTEMANO

JANO

Jano corría, sabía que tenía poco tiempo. Se sentía libre por fin, pero tenía una lista que cumplir. No deseaba olvidarlo en ningún momento, libre pero condicionado por otros.

Aquella lista era muy importante para él, había confeccionado el orden de las cosas que tenía que realizar durante los últimos tres meses, desde que murió Yolanda.

Y es que cada amigo que había perdido tenía el honor de añadir algo para que los que quedaran vivos lo cumplieran por ellos. No había límite de tiempo para hacerlo. Eran una especie de pactos en los que se dividían sus vidas para que se multiplicaran dentro de ellos. Huchas de deseos que cada uno nutría cuando se marchaba y que un día alguien rompería para cumplirlos.

Había deseos de chicos de ocho años, de adolescentes de catorce y de jóvenes de diecinueve, por lo que todos eran muy diferentes. Ninguno deseaba lo mismo porque cada uno había perdido algo distinto con la enfermedad y dejaba muchos deseos pendientes. Cuando veían la muerte cerca ponían por escrito su deseo, era como un pequeño juego de hospital que empezó una noche de esas que nos escuchamos pero que resultó ser lo más importante que debías dejar atado antes de marcharte. Nadie se olvidó de escribir aquel único deseo que podías pedir. Muchos ya se habían cumplido, porque cuando sus compañeros salían de fin de semana o se curaban, los hacían realidad si podían o sabían hacerlo.

Otros eran más complicados y habían quedado pendientes, y algunos eran muy personales y sólo los conocía él porque se había quedado la vida entera del amigo que perdió.

Realmente Jano jamás pensó que él sería el último que quedara para hacer realidad todos esos deseos pendientes. Pensaba cumplir esa lista dentro de muchos años, pero aquel tumor en el cerebro lo había precipitado todo.

Llevaba semanas intentando organizar todos aquellos deseos para lograr cumplirlos durante aquella noche y no era fácil encajarlos. Muchos eran imposibles: él se sentía con mucha responsabilidad y muy poco tiempo. Así que los había situado en un cronograma para tener alguna posibilidad de cumplirlos y aprovechar la sinergia para que uno le llevase a otro.

Había casi una decena de deseos, demasiados para un solo chico, pensaba mientras no dejaba de correr. Sentía que hacía mucho que no iba tan rápido y quizás por ello comenzaba a fallarle la velocidad. Su único pulmón estaba desentrenado; en el hospital no le exigían rapidez y además siempre iba en la silla de ruedas. No la necesitaba realmente, pero allá siempre prefieren que vayas sentado para que no te rompas alguna otra cosa.

Esperaba que su hermano no le delatase y que no lo descubrieran. Ambas cosas eran posibles y sabía que entonces recibiría una llamada de sus padres o del propio hospital solicitándole que volviera.

No quería encontrarse en esa situación, porque los mismos que le pedirían que volviese eran los que le tenían que operar y curar. No es buena idea cabrear a tus médicos y tus enfermeras si quieres que todo salga bien. Eso lo sabe cualquier paciente.

Tenía en su mente el mapa de lo que debía hacer. El primer lugar al que iría estaba cerca del hospital, para ganar tiempo, teóricamente a diez minutos corriendo según Google Maps, pero ya llevaba quince y no había llegado, por la mala forma en la que se encontraba.

No olvidaría jamás al chico de catorce años que pidió aquel primer deseo que iba a cumplir. Era un crack y tenía una personalidad muy fuerte. Hasta quemó su cama del hospital el día que le detectaron el último tumor incurable; estaba harto, fue una forma de protestar muy potente y totalmente comprensible ante nuestros ojos.

Para el grupo siempre fue un héroe, quería demostrar todo su dolor de una forma intensa. Para los médicos era un loco y pasó unos días teniendo que hablar con psicólogos. En realidad, no había sucedido nada, él mismo había apagado el fuego que había encendido, pero eso no sirvió para que se librara de tener que explicar a varios «psicopedabobos» por qué lo había hecho. La respuesta era sencilla: te dicen que vas a morir, tienes catorce años y estás rabioso y quieres expulsar esa rabia. Fin de la duda.

Lo perdieron un jueves. Jano nunca olvidaba los días que se marchaban, siempre se le quedaban en la memoria. El día anterior, Carlos, que así se llamaba el chico, entregó aquel deseo, que él debía cumplir ahora, no a él concretamente, sino al que en aquel tiempo era el líder del grupo que habían creado en el hospital. Pero él ya sabía de qué iba el deseo y, cuando el líder murió, se convirtió en su responsabilidad. Ser un superviviente conllevaba esas obligaciones.

Nadie sabía qué deseos se habían escrito hasta que los abrías y tenías que cumplirlos; nadie los leía antes: ése era el trato. Tan sólo los amontonabas, los guardabas bien e intentabas respetarlos hasta que a alguien le tocara cumplirlos. Si te marchabas, si te curabas, te llevabas tres o cuatro, ése era el trato, y alguno decidió hasta coger cinco vidas. Más era una carga pesada porque también tenías que llevar la tuya propia a cuestas.

Cuando sólo quedó él y le detectaron el cáncer

en el cerebro, decidió leer todos aquellos deseos y pensar en qué orden los cumpliría en una noche.

A medida que los fue abriendo, vio que en ellos ponía el nombre del chico, el deseo y la explicación de por qué lo solicitaba. Fue como volver a revivirlos en una de las noches más complicadas de su vida, porque ya había hecho un pequeño duelo para despedirlos. Él sabía que no debía cuestionarse las razones de los deseos, sólo cumplirlos, aunque algunos fueran moralmente reprobables. La idea siempre fue revivir a los que perdieron a través de los deseos, no cuestionarlos.

Sé que puede ser difícil de comprender, pero aquellas muertes tan jóvenes y con tanto dolor merecían no racionalizar sus peticiones. A él tampoco le habría gustado que nadie lo hiciese con el suyo. Muchas veces pensó qué pediría y tardó en saberlo, pero ahora lo tenía claro. De alguna manera, aquella carta que le dejaba a su hermano era su deseo y quien tenía que cumplirlo no era un enfermo, sino la persona a la que más quería en este mundo. Sabía que era una carga, pero también sospechaba que su hermano podía soportarla; de no ser así, no se la habría dejado.

Paró de correr y descansó momentáneamente porque el corazón le iba a mil. Aprovechó entonces para releer el deseo que había escrito su amigo Carlos en un trozo de papel cuadriculado, con un rotulador rojo y con letra de niño:

Robar un coche increíble, conducirlo y disfrutar. Si puede ser, el del padre de mi amigo Izan. Tiene un Porsche rojo y le prohibió que me viniese a ver. Siempre le parecí una porquería. Que se joda, ha de ser ése, no otro, róbaselo, disfrútalo y después estréllalo. Ese es mi deseo.

Jano volvió a reír recordando aquel deseo; era de los más potentes, pero resumía parte de lo que era aquello: devolver el equilibrio de lo que un día fue una putada. Éramos niños, estábamos cabreados, qué esperaban si no deseos complicados.

No era de extrañar que fuera tan potente. Ese chaval quemó una cama de hospital, así que destrozar un coche iba en consonancia con su personalidad.

Además, las visitas son el aire, la energía para cualquier chaval enfermo. Sin ellas te mustias. Prohibir a un hijo que vaya a ver a su amigo enfermo equivale a ser un cabrón de primera categoría. Seguramente lo hizo para que no contagiaran a su hijo, aunque el cáncer no se contagia. Pero la verdad muchas veces fastidia las decisiones ya tomadas de antemano.

Había un problema. Jano jamás había conducido un coche, pero sí varias motos. Había estado mirando por YouTube varios tutoriales para aprender y, además, había practicado en muchos videojuegos, pero, claro, aquello no sería tan fácil en la vida real. La vida real siempre es más complicada que la online, y lo decía alguien que tenía poca vida real encima pero siempre había creído que si necesitabas veintiún días para crear una rutina o para quitártela de encima, lo mismo debía funcionar para aprender que para desaprender. Y ése era el tiempo que había dedicado a aprender a conducir.

Además, no sabía hacer puentes ni había encontrado cómo hacerlo con un Porsche, que tenía tantas medidas de seguridad. Así que tendría que conseguir la llave en la casa y robarlo del garaje.

Quería comenzar con aquel deseo porque le permitiría tener un coche e ir más rápido para cumplir los otros deseos. Al final de la noche siempre habría tiempo para destrozar aquel Porsche.

Decidió seguir corriendo y en un par de minutos por fin llegó a aquella casa. La había visto por Google Maps y sabía cuál era porque había hablado con la madre de Carlos y ésta le había contado dónde vivía aquel chaval que no le había ido a ver. Hablar con su madre fue duro, pensó en su propia madre, en lo complicado que le resultaría si él se marchase. Seguramente la gente le diría que le quedaba otro hijo; la humanidad puede ser muy cruel a la hora de simplificarlo todo.

Cuando la llamó, esperaba que en dos minutos podría sacarle la información y colgar, pero al final estuvieron hablando más de dos horas. No fue una conversación triste, sino llena de pasión. Hablar de los que se fueron acaba siendo un regalo para revivirlos. Habían pasado años y aún notaba que la madre no había levantado cabeza; todo estaba parado para aquella mujer, que hablaba en presente de Carlos. Le prometió que le iría a ver, pero Jano sabía que aquello no pasaría. La buena suerte de estar vivo le recordaba demasiado a ella la mala suerte de su hijo.

Miró la casa nuevamente, se la sabía de memoria porque la había explorado por internet, pero otra vez la realidad hacía que los muros parecieran más altos. Quizás no estaba actualizada aquella visión en 3D online que él había memorizado. Sabía por dónde trepar y cuántos metros había de recorrer por el jardín hasta llegar al garaje, pero nada estaba saliendo como esperaba porque él no tenía la velocidad ni la destreza necesarias y, sobre todo, no poseía dos manos para lograrlo.

Sentía que todo su cuerpo estaba en tensión, hasta notaba que sus neuronas se multiplicaban; esperaba que eso sirviera para matar células malas de su cerebro, pero seguramente un médico le habría refutado esa teoría.

Su médico siempre le decía que pensara mucho, que fuera inteligente, porque aquello ayudaba a matar células malas, pero en realidad estaba seguro de que sólo se lo decía para que se mantuviera activo. Le gustaba mucho su médico, se sentía cuidado por el doctor Elías, lo que casi nunca pasaba con otros médicos, que los miraban como si fueran muertos vivientes y opinaban que cuanto menos supieran, mejor para todos.

No quería demorarse, así que comenzó a trepar aquel muro. Los pies al menos le funcionaban, su mano derecha seguía siendo ágil y su muñón izquierdo ayudaba lo que podía. Pensó que el tiempo no cura las heridas, sólo las difumina. Era una de las frases que siempre decía Carlos; no sabía dónde la habría leído, y se rio tanto al recordarla... Hacía tiempo que no reía, no tenía muchos motivos. Le pareció que le estaba saliendo una risa nueva para esos últimos momentos.

10

TODOS LOS CHICOS QUE ENFERMAN SON ESPECIALES

DOCTOR ELÍAS

El doctor Elías esperaba en aquella esquina de al lado de su casa a su anestesista favorito. Iba con su caña de pescar y su atuendo de pesca; todos le miraban y se reían. Él habría hecho lo mismo. No tenía una gran pinta.

El anestesista, el doctor Yuste, llegó a la hora acordada. Los anestesistas siempre eran puntuales, era lo bueno de ellos. Eran los primeros en ver al enfermo antes de la operación y los últimos en despedirse de ellos.

Sabía que sin él la operación no tendría las mismas posibilidades, pero no estaba seguro de cómo convencerle de que participara; eran amigos, pero jamás habían sido íntimos. Aparte de hacerle cambiar de opinión con datos y ofrecerle esa caña, poco más podía hacer. Esperaría a que estuvieran pescando para lanzarle la propuesta. Ya en otras ocasiones le había pedido su ayuda y nunca le había convencido. Siempre le había recordado que ya estaba retirado.

Se subió al coche como pudo porque llevaba demasiados aparejos de pesca y no estaba acostumbrado a cargar con tantas cosas. De repente sintió que no podía ofrecerle la caña, sería un insulto en toda regla. A veces, los planes funcionan muy bien en la cabeza y la realidad los volatiliza en dos segundos.

El anestesista le sonrió nada más subir. Hacía un par de años que no se veían, pero parecía más joven, era como si la falta de trabajo le hubiera rejuvenecido. Aunque el tiempo sólo pasa ante los ojos de los que no te ven; algún día debería hacerse un estudio científico sobre eso.

A él todavía le faltaban años para retirarse. Le costaba pensar en ese momento, le gustaba lo que hacía, era su gran pasión aunque a veces fallase, aunque le costase sus relaciones personales. Pero curar a aquellos chavales le hacía sentir único.

—No —dijo el anestesista después de sonreírle—. No participo en operaciones, lo digo porque, si no quieres venir a pescar o sólo vienes para convencerme, ya puedes bajar del coche, no cambiaré de opinión.

El doctor Elías sonrió también. Dudó sobre qué hacer, no le había sorprendido lo más mínimo que su anestesista se oliese las razones por las que se apuntaba, su especialidad siempre se adelantaba a los problemas y es lo que él estaba haciendo.

—Es muy especial este chico.

—Todos lo son. No conozco a ningún chaval joven que no lo sea. Están tan abiertos al mundo que irradian; cuando creces te cierras y dejas de ser especial e interesante —sentenció.

Se hizo un silencio. No aceleraba, parecía que iba a echarlo del coche, pero le dejó quedarse. Estaba tan seguro de que no cambiaría de opinión y deseaba tanto pescar en compañía…; la soledad le pesaba un poco en aquella vieja barca.

La mujer del doctor Elías miraba la escena y los

vio desaparecer hacia el sur desde la ventana de la casa. Se tranquilizó al ver al viejo anestesista. Le parecía tan raro eso de ir a pescar antes de una operación… Hacía tiempo que sospechaba que algo no funcionaba y pensaba que había una tercera persona.

Quizás después de aquella operación tan complicada hablaría con él; dependería del resultado.

11

CABALLITOS DE HOSPITAL

RUBÉN

La enfermera de noche le trajo la carta a mitad de su ronda. Le tocó nuevamente la cabeza. Era agradable ese simple gesto que todos hacían, no sabía por qué a su hermano le molestaba tanto.

No pesaba mucho, debía de contener pocas hojas. En el sobre estaba escrito su nombre con la caligrafía de su hermano. Quizás en ese instante se dio cuenta de que cada una de las letras de su nombre era un tanto diferente, y es que todo lo escribía con la derecha. Nunca había pensado en el esfuerzo que suponía escribir con tu otra mano, darle una responsabilidad que nunca había poseído. Es extraño que no tengamos todos un ojo vago, sabiendo que podemos leer sólo con uno, y que en cambio la mayoría no seamos ambidiestros. Lo curioso es que muchos tienen el corazón y la empatía vagos aunque no los tengan dobles.

Cuando estaba a punto de abrir la carta, llegó aquella chica amiga de su hermano; debía de ser ella por cómo lo miró y por cómo entró en la habitación. Su hermano nunca le había hablado de Irene; era muy hermosa.

Ella también lo miró fijamente. Rubén dudó que no fuera capaz de descubrirlo todo. Irene parecía diferente, de esas que pueden distinguir a unos gemelos, pero Rubén presentía que seguramente ella no sabía de su existencia.

Irene se acercó a la cama de Rubén, se tumbó de un salto y le acarició el cuello. El corazón de Rubén se puso a mil, nadie le había acariciado con tanto cariño.

Luego se apoyó contra su pecho. Rubén temía que notara su mano y la giró con la muñeca hacia adentro todo lo que pudo. Ella no decía nada, pero se notaba que le amaba, bueno, que amaba a su hermano, aunque Jano jamás le había dicho nada. No entendía el porqué.

Al rato se marchó tal como había entrado. Tan sólo le dijo una cosa antes de salir por la puerta: que fuera a la azotea esa noche después del último turno de las enfermeras, que le habían preparado algo especial. Él no contestó nada, se limitó a sonreír como sólo Jano sabía hacer.

Había algo extraño en la forma en que le habló, como si algo hubiese pasado entre ellos, algo que los había distanciado. Un aire de despedida forzado. Parecía que aquel cariño era en respuesta a algo, a un malentendido o a una reconciliación. No tenía tanta experiencia para poder asegurarlo.

Cuando se fue, tuvo claro que no podía quedarse allí, en la habitación; era absurdo, por mucho que se lo hubiera prometido a Jano. Debía comprender más a su hermano y no era suficiente con abrir esa carta. Esperaría a que atenuasen las luces del pasillo y el hospital languideciera; las enfermeras seguramente se esconderían en sus cubículos y entonces marcharía hacia esa azotea a recibir una despedida que no era para él.

Tenía claro que todavía no abriría la carta, era mejor descubrirlo todo por su cuenta y finalmente escuchar las palabras de su hermano.

Recordó lo que le contó un profesor sobre los caballitos de mar, que si ven un peligro se dan media vuelta, fingen que no existe y esperan que cuando vuelvan a girarse ya no esté. Él no quería ser un caballito de hospital, deseaba con pasión descubrir la realidad de aquel lugar con sus propios ojos.

12

VENDER TROFEOS
PARA GANAR MEDALLAS

JANO

Jano llegó hasta el garaje tal como tenía planeado, aunque con más esfuerzo del esperado. Pasó por el lado de aquella cancha de tenis que había contemplado anteriormente a vista de pájaro de forma virtual y se emocionó al verla. Su pasión era el tenis; había sido toda su vida hasta que llegó el cáncer. Ganó muchos trofeos de diferentes metales por quedar entre los cinco primeros, trofeos que luego revendía para poder comprar mejores raquetas y pelotas y así conseguir medallas por haber ganado el campeonato que después volvía a revender. Parecía que aquel círculo vicioso no tenía límites hasta que llegó la enfermedad. Nunca puedes esperar que algo se mantenga igual durante un tiempo infinito, lo había aprendido de la peor manera.

Al principio siguió jugando hasta que le amputaron la mano. Siempre había pensado que el cáncer tiene un sexto sentido para arrebatarte aquello que hace que tu vida jamás pueda ser la misma. Esa enfermedad es una experta en destrozar tus sueños. Si te gusta el fútbol o el baile, seguramente perderás la pierna; si te encanta cantar, te arrebatará la laringe, por ello no fue de extrañar que su miembro amputado fuera la mano para arrebatarle esa pasión.

Sabía que debería conformarse con torneos diferentes contra otros chavales sin otras partes de su cuerpo, pero él no deseaba eso, deseaba competir como había hecho siempre. No es que menospreciara esos partidos y pensara que aquello no era una batalla justa, sino que había vivido la alta competición y aquello le parecía un sucedáneo difícil de digerir.

Era muy bueno, ahora ya nadie podía negarlo. Había estado desde bien pequeño durante cinco años en una academia y todos decían que llegaría lejos. Le gustaba ser bueno en algo, sobre todo porque ese algo era solamente suyo. Su hermano, aunque eran gemelos, no tenía ese don; eso lo hacía más único y sentía que era lo que más le distinguía de Rubén en este mundo. Le encantaba tener diferencias con su hermano. No era por competitividad, sino por originalidad.

Estuvo a punto de entrar, las canchas son para los tenistas como las piscinas para los nadadores, imanes que es imposible obviar. Quizás por ello, rehízo sus pasos y se dirigió nuevamente hacia allí y se introdujo en la pista de tenis.

Era impresionante, le encantaba esa red tan nueva, el olor del suelo le apasionaba, y hasta tenían una máquina para lanzar pelotas a toda velocidad. Sabía que no debía ponerla en marcha y dar unos golpes, ya que sería casi como si se alumbrara con un foco para que le descubrieran. Pero cuando tienes diecisiete años y llevas tres sin poder jugar, necesitas practicar tu pasión.

Metió todas las bolas que pudo en la máquina, cogió una vieja raqueta abandonada que había en la pista y comenzó a devolver los golpes a una mano. No era la dominante, pero en el tenis era bastante ambidiestro.

No había olvidado su estilo, no devolvía todas bien pero aún se defendía; se sintió vivo hasta que todas las luces de la pista se encendieron y los focos le alumbraron.

Un chico de su edad le miraba fijamente desde la entrada de la pista. Sería el amigo cabrón que nunca había ido a ver a Carlos. Todo su plan había sucumbido por una pasión. Le sabía mal, pero también era un buen fin a su escapada. El chico portaba en la mano algo parecido a un bate. No creía que lo fuera a utilizar con él.

—¿Qué haces aquí?

—Soy amigo de Carlos. —Decidió ser sincero porque sabía que era su único salvoconducto.

—¿Carlos?

—El chico con cáncer que era tu mejor amigo, que perdió dos piernas y a quien luego se le jodió el esófago y finalmente la mandíbula. Es difícil olvidar quién era Carlos, ¿no?

Aquel chaval cambió de color por entero y en ese momento dejó el bate apoyado contra la alambrada de la entrada. Su vergüenza y su dolor ante las pruebas de su falta de amistad le habían desarmado. Eso hizo que Jano contraatacara todavía más.

—Nos contaba que al principio le llamabas. Decía: «Un día conoceréis a Izan, es mi mejor amigo, su padre tiene casa con piscina y pista de tenis, pero es un tío genial, muy sencillo y muy auténtico». Siempre pensó que irías a verlo. Nunca le visitó nadie de fuera del hospital, aunque no perdió la esperanza por el ser humano y, sobre todo, por su mejor amigo.

—Mi padre… —balbuceó—. Él creía que no era conveniente…

—Ya. Lo he vivido. El cáncer no es contagioso, pero algunas personas…

—Sí. —Se quedó sin saber qué más decir—. Es idiota mi padre, debí haber ido igualmente.

—Pero ¿no lo hiciste?

—No.

—Nos dijo que, cuando le comenzó el cáncer de

las piernas, te pidió agua bendita por teléfono. Pensaba que quizás le funcionara, pero no se la llevaste, y eso no era tan complicado de cumplir.

—Ya… No sé, pensé que algún otro se la llevaría. La fui a buscar, pero no sé… Aún la tengo… Es una tontería, pero no pude deshacerme de ella. —No paraba de balbucear en busca de un sentido a sus acciones pasadas.

El combate cara a cara se estaba acabando. El chaval, aunque derrotado, seguía teniendo un as en la manga que sacó en cuanto la sorpresa ante tanto ataque dejó de hacer efecto.

—¿Qué cojones haces aquí? Quiero decir, no te conozco de nada, debes de haber saltado el muro y estás jugando en mi pista de tenis.

—Él me lo pidió.

—¿Carlos te pidió que saltaras el muro, jugaras en mi pista y me dijeras todo esto?

—No. Me pidió que robara el coche de tu padre, el Porsche rojo.

—¿Qué?

—Cuando se estaba muriendo, pidió un deseo que debía cumplir el que quedara vivo de nosotros. —Le mostró el muñón de su mano para ser más gráfico—. Yo aún estoy vivo, aunque mañana tengo una operación complicada, y pensé en cumplir su deseo.

Izan se echó a reír ante la idea de que Jano robara y destrozara el coche de su padre. Jano no se inmutó, se lo quedó mirando fijamente.

—A Carlos le encantaba ese coche —dijo Izan riendo.

—Lo sé.

—Ese coche es como un hijo para mi padre.

—Ya lo imagino, es un Porsche.

—Sí, pero no sólo por eso, también porque parte de su sangre está ahí, en la pintura roja que lleva. Fue una especie de encargo especial.

—¿La sangre de tu padre está en la pintura del coche?

—Sí.

Izan miró a Jano. Cogió otra de las raquetas abandonadas que estaban contra aquella alambrada y fue al fondo de la pista.

—Un set. Si ganas, te doy las llaves del Porsche; si pierdes, te largas y no vuelves por aquí.

—¿No tendría más sentido llamar a la policía y que me echasen?

—Siempre pensé que mi padre fue un hijoputa por no dejarme ver a Carlos. Se lo pedí tantas veces que un día me dijo que, si tanto lo quería, me lo ganara. Me hizo jugar al tenis un set: si le ganaba, podía ir a verle. Sólo tenía quince años y perdí, así que no me dejó ir.

—Ya… Está bien; si te gano el set, me das el coche.

Le parecía un trato justo y estaba seguro de que podía ganarle. Izan fue a darle la mano para cerrar el trato y Jano le tendió el muñón; lo hacía cuando le apetecía joder a alguien. A la gente siempre le da mucho asco ese trocito, pero no fue el caso de Izan, que lo apretó con respeto, un gesto que Jano agradeció.

Comenzaron a jugar. Jano perdió el primer juego en blanco y pensó que quizás había sobrevalorado sus posibilidades al jugar contra la máquina que lanzaba bolas. Pero enseguida se dio cuenta de que aunque sólo tuviera un brazo seguía siendo mucho mejor que aquel niño de papá. Seguramente había dado muchas clases con profesores particulares, pero su saque apestaba y su drive era penoso.

Aquel chaval ganó sólo doce puntos más en todo el partido y Jano se impuso por 6-1. No se lo podía creer, si aquel chaval cumplía el trato podría comenzar a hacer realidad los deseos de sus amigos.

Sintió un pinchazo en el cerebro justo al acabar el partido, lo notó en medio de la cabeza. Casi se cayó al suelo, pero logró apoyarse en la raqueta y que aquel chaval no se diera cuenta. El doctor ya le había aconsejado que no realizara ningún tipo de actividad física para no empeorar las cosas.

Le vino a la cabeza aquel día junto a Carlos en la

uci. Ya le daban toda la comida intravenosa porque el tumor en la mandíbula le impedía masticar, pero él tenía hambre de comida de verdad y cogió la sopa de estrellas que le habían dejado por error. Mientras se la tomaba, aunque Jano le dijo que no lo hiciera, aquel tubo se iba llenando de estrellas; la comida marchaba de su organismo por allí, fue una imagen poética. Le hacía especial ilusión cumplir su deseo; miró aquel cielo repleto de pequeñas estrellas que nunca más había podido mirar igual. Caminaron por aquel césped tan bien cortado rumbo a la mansión que colindaba con la pista de tenis.

Entraron por la puerta principal. Poco a poco volvía a sentirse mejor del mareo. Esperaba que esta vez ese chaval cumpliera su promesa. No parecía muy agobiado por haber perdido y tener que darle las llaves. Hay muchas familias que desean los conflictos para poder devolver el odio que retienen dentro.

13

¿UNA BURBUJA FICTICIA RESPECTO A
LOS PROBLEMAS REALES DEL MUNDO
O UNA BURBUJA REAL RESPECTO A
LOS PROBLEMAS FICTICIOS DEL MUNDO?

RUBÉN

El hospital dormitaba, era aquella hora en que todo se paraba y hasta los gemidos y las toses continuadas desaparecían. Rubén estaba decidido a salir de aquella habitación. Se bajó todo lo que pudo el dobladillo de la manga del pijama y se dispuso a investigar aquel hospital.

Durante mucho tiempo había escuchado a sus padres hablar del entorno de Jano, de su lucha, y ahora por fin podía vivirla aunque fuera de prestado. No deseaba simplemente ser alguien que finge ser otra persona tumbado en una cama y durmiendo, necesitaba sentir aquello que le había regalado su hermano.

También lo hacía porque sabía que podía perderlo, había bastantes posibilidades. Sin entender mucho de medicina, sabía que la operación era muy complicada. Abrir una cabeza y toquetear dentro no prometía que fuera a traer nada bueno.

Lo único que le gustaba es que operaran a su hermano a primera hora, porque le habían contado que había pocas operaciones programadas tan pronto en el hospital. Eso le parecía bien: él era de los que creían que las musas que inspiran son pocas y se reparten entre los que las necesitan. Esperaba que la musa de la medicina sólo tuviese que inspirar a esas horas al médico de su hermano.

Abrió la puerta de la habitación lentamente, no se oía ni un alma. Tenía claro que aquel hospital contenía muchos secretos de su hermano que no le contaba a él; aquella chica era uno de ellos, pero seguramente sólo se trataba de la punta del iceberg.

Sabía que era un farsante, pero lo era con permiso de su hermano, así que de alguna forma era como si estuviera certificado.

El pasillo olía de una manera diferente desde que llevaba ese pijama y la temperatura de todo el lugar era otra. Al lado de la puerta estaba aquella silla de ruedas tan molona que todos los médicos insistían en que Jano llevara. Él sólo lo hacía porque sabía que era la única forma de coger velocidad en ese sitio tan pausado. Ahora sentía ese otro ritmo del que hablaba su hermano, como si aquel hospital fuera una burbuja ficticia respecto a los problemas reales del mundo, o quizás hasta era lo contrario, una burbuja real respecto a los problemas ficticios del mundo. Ya no estaba seguro de nada.

Toda aquella silla se manejaba con un solo mando: facilidades tecnológicas para los que sólo tenían un brazo completo. Apretó el mando y la silla cogió rápidamente velocidad; quizás su hermano la había trucado, sabía bastante de mecánica y muchas veces lo veía toqueteando cosas o quitando radios de las ruedas. Casi no emitía ningún ruido, lo que agradeció enormemente. En el lateral del brazo, grabado con navaja, estaba el nombre de su hermano; en el otro brazo ponía «Carlos», quizás fuera el anterior propietario.

Sintió que necesitaba más velocidad, deseaba alejarse de la habitación de su hermano, aquel vórtice que le apagaba. Cuanto más atrás la dejaba, más sentía que volvía a recuperar su esencia.

Él nunca había estado enfermo, la única vez había sido por un tema mental. No le había hablado a nadie de aquella reunión con el psicólogo al que le habían llevado sus padres hacía dos años. No le gustaba aquel psicólogo, le miraba y le hacía sentir como si fuera alguien que tuviera un problema.

—¿Sabes por qué te han traído aquí? —fue lo primero que le preguntó.

Rubén lo sabía, sus padres temían que tuviera el síndrome del hermano con cáncer. Una estupidez de síndrome que se acuñó para hablar de los hermanos que se sienten abandonados porque todo el cariño de los padres va hacia el niño enfermo. Pero a aquel psicólogo no le dio la posibilidad de que descubriera lo que llevaba dentro, no quería que hurgara dentro de él.

—Supongo que porque creen que mi hermano morirá y deben de querer prepararme. Pero no deseo prepararme para eso, son ellos los que lo necesitan, porque cuando él muera, me mirarán y verán en mí, en el rostro del gemelo idéntico, al hijo que perdieron. Además, su vida no será nunca más la misma y la mía habrá muerto un poco con la suya.

Aquel psicólogo no le dijo nada más, no les cobró a sus padres ni un céntimo y les aseguró que Rubén no tenía el síndrome del hermano con cáncer. Algunos profesionales tendrían que haber vivido lo que quieren aconsejar y, si no es posible, ni siquiera deberían ofrecerse a solucionarlo.

Justo en ese instante, mientras paseaba con la silla de ruedas, sentí que comenzaba a ser yo, que mi voz por fin contaba mi propia historia, la que yo vivía. Era como si necesitara aquel ambiente ajeno para recuperarme. Decidí pasear un poco más por esos pasillos antes de coger el ascensor hasta la azotea. Cuando estuviera allí, quizás volviera a perder esa autenticidad. Ojalá Jano también hubiese encontrado su voz y su esencia.

14

DISFRUTAR DEL AMOR DESTINADO A OTRA PERSONA

JANO

El chaval fue directo al despacho de su padre. La casa era enorme, no había duda de que estaba solo por cómo se movía, sin ningún tipo de miedo.

Aquella casa hablaba mucho de una vida de éxito y repleta de reconocimiento y de dinero. Siempre que conozco a gente con trabajos impresionantes, hijos o hobbies brutales, sólo puedo pensar en que yo no lo viviré. Me siento muchas veces enfadado porque la gente no disfruta de lo que tiene y no lo valora porque no sabe lo rápido que se puede perder todo. No les deseo el cáncer ni ninguna enfermedad para que abran los ojos; quizás, si me curara, yo sería igual, un vago emocional que disfruta de lo que ha logrado sin darle valor. Puede que no me explique, pero yo me entiendo.

—Estaba enamorado de Carlos —dijo el chaval mientras abría la caja fuerte del padre, que no estaba escondida tras ningún cuadro, sino encima de un mueble muy bello de caoba.

—Lo sé, me lo dijo. Carlos llevaba muy bien ser gay. Él también estaba enamorado de ti.

Noté que confirmar los sentimientos de mi amigo hacia él había sido cruel. Vi que al chaval se le ponían los ojos vidriosos.

—Mi padre sabe que soy gay, pero no lo acepta, y yo, bueno, no me escondo desde hace tiempo, aunque tampoco lo muestro… Pero ir a ver a Carlos hace tres años significaba demasiado, necesitaba una valentía que no poseía. ¿Sabes dónde está enterrado? —dijo mientras buscaba la llave correcta del coche entre un manojo bastante impresionante.

—Ahora ya no importa, tenías que haberlo visto antes, cuando te necesitaba y respiraba.

No deseaba ser cruel, pero qué cojones importa ir a ver un trozo de tierra donde Carlos ya no estaba. Yo tampoco deseaba que nadie me viniese a ver cuando ya estuviera muerto. Por eso había pedido que me quitaran todo lo que pudieran aprovechar y luego me incineraran. No sé cuánto podrían usar porque el cáncer vuelve intransferible mucho de lo que posees.

Al chaval volvieron a ponérsele los ojos vidriosos.

—Se lo dije… —susurró.

—¿Que le dijiste el qué?

—Le dije a mi padre que Carlos era mi novio, mi pareja, y que quería cuidarle mientras estuviera enfermo.

No sabía si creerle, pero un ligero temblor en su mano izquierda me hizo ver que era cierto. Desde que había perdido la mano no podía dejar de mirarlas. Creo que ahí está toda la verdad: son movimientos leves de los dedos, de las muñecas, pero ahí está nuestra sinceridad y, mientras, la gente mira las caras como si no estuviéramos entrenados en dominar el rostro.

—¿Y qué te contestó?

—Que no habíamos luchado tanto para esto.

—¿Cómo?

—Mi padre luchó mucho para conseguir lo que tiene, no sé, todo es suyo, pero siempre me incluye, y supongo que tener una mierda de hijo gay enamorado de un chico con cáncer terminal era una vergüenza. No paraba de gritarme: «¡No hemos luchado tanto para esto!». —Comenzaron a caerle unos lagrimones enormes por el rostro; no intentó apartarlos. Creo que el tamaño tenía que ver con el grosor de tiempo que llevaba guardándoselos—. ¿Sufrió mucho Carlos al final?

Dudé si responderle, pero aquel chaval no necesitaba condescendencia, sino la verdad.

—Tenía cáncer en la laringe y, sí, sufrió mucho. Le arrancaron parte de la mandíbula, le cambió la cara, le operaron tres veces y al final tenía un gesto que parecía una sonrisa muy bella, te habría encantado si hubieras estado allí. Él siempre creyó que irías a verlo, decía que no le amarías ya, porque la gente sólo desea el físico, pero yo le dije que, por cómo hablaba de ti, creía que tú eras de los que amaba el alma, no el caparazón.

Comenzó a llorar más. Sé que era cruel ser tan sincero, pero el deseo de Carlos no era sólo romper el coche de su padre, sino también a su hijo, lo quería quebrar, decirle todo lo que no fue capaz en vida. Recuerdo que cuando ya casi no podía ni hablar, cuando le quedaban horas, me dijo que lo que deseaba que cumplieran por él era romper el coche del padre y el corazón del hijo.

Luego me tendió una carta para él. Si un día lloraba desconsoladamente, si se quebraba, deseaba que se la diera. La tenía en mi bolsillo trasero. Dudaba que aquel chaval pudiese llorar tanto, pero estaba quebrado. Lloraba desconsoladamente y comenzó a golpear objetos como haría el propio Carlos. Creo que esa carta me dio la idea de escribir la mía a mi hermano.

Izan estaba fuera de control. He visto a tantos chavales entrar en ese pánico, en esa pérdida de control, romper sin sentido todo lo que hay a su alrededor. Da miedo la primera vez que lo ves y deseas detenerlo pero, con el tiempo, aceptas que es un sentimiento excelso que necesitan extraer de ellos, una rabia descontrolada.

Rompió decenas de cosas de aquel despacho, que hizo añicos con furia. Su respiración mezclaba lloros y sollozos. Cuando se calmó, le tendí la carta de Carlos.

—Quería que también te diese esto. La escribió para ti antes de morir.

Le ofrecí mi mano, esta vez la buena, y él me abrazó. Notaba que aquel chaval estaba creciendo, estaba aceptando quién era y quién no había podido ser. Esto lo supe no por el abrazo, sino por el olor que desprendía, un olor de valentía, un olor de aceptar quién era y que nadie más volvería a doblegarle.

Después me tendió las llaves del coche de su padre que había encontrado en la caja fuerte. Se quedó sentado en el suelo, alrededor de todo aquel estropicio y con la carta en la mano. Estaba oliendo la carta, supongo que en busca del olor de la persona que amó, en busca de su verdad, de su amor y de su niño. Era un chico del que se enamoraría mucha gente ahora que había encontrado su fuerza y comenzaba a ser valiente.

Le dejé con la carta, sabiendo que era un momento privado que ya no entraba en mi pacto con Carlos. Era su instante, el de ellos, no sabía qué ponía la carta y respeté su intimidad.

Me fui camino del garaje. Había salido bastante bien aquel primer punto de mi lista, me sentía poderoso, aunque mi cabeza estaba a punto de estallar. Me mareaba y sabía que quizás iba a tener uno de mis *blackouts*. Mi médico siempre me hablaba de la importancia de no hacer movimientos bruscos; mi tumor ocupaba media cabeza, era como un pomelo gigante, y yo aquella noche no paraba, hasta había jugado un partido de tenis.

Mi doctor lo explicaba con mejores palabras y términos más científicos, pero la realidad era que si no me comportaba y no le hacía caso, a veces tenía *blackouts*: mi cerebro se reiniciaba y amanecía con la boca torcida babeando y sin recordar lo que acababa de suceder hasta que pasaban unos minutos.

Siempre que me pasaba y era consciente de que

me reiniciaba, me iba a mi orilla. Es una chorrada, pero había creado mi orilla, que comunicaba con una isla que yo construía en mi mente. Llegaba a la orilla a nado, disfrutaba tanto nadando, brazada a brazada, mientras sabía que mi cabeza se iba y yo comenzaba a babear, pero sentía que la orilla me ataba a la realidad. Imaginaba qué clase de pájaros la rodeaban, qué olores provenían de los cocoteros cercanos. Y me aficioné tanto a ella que siempre que me abrazaba con Irene y sentía sus increíbles caricias, volvía a la orilla para que no sólo se construyese en los momentos terribles. Aprovecho el placer máximo y el dolor más terrible: todo nutre mi isla. Así que cuando el miedo me acecha, mi orilla me calma.

Se lo conté a Irene porque quería hacerla partícipe y cuando ella gozaba también pensaba en mi orilla. Con mi hermano no he sabido sacar el tema, confesarle que a veces vivo a pocos metros de una orilla imaginaria que me calma. Creo que no lo entendería.

De alguna manera, hoy le estoy ofreciendo que tenga su propia orilla, estoy seguro de que no se quedará en la habitación e intentará encontrar en aquel hospital un oasis. Me entenderá mejor si me pierde.

Sé que mucha gente pensará que estoy sonado, pero os juro que cuando sufres tanto de tan pequeño, tu mente es tu vía de escape. Echo de menos ser un niño normal, con dos manos, con pelo y sin un bicho dentro que se mueve de forma antihoraria. Noto que se me están poniendo los ojos vidriosos, como al novio de Carlos. Debo ceñirme al plan, el plan de esta noche es lo único importante.

Me subo a ese impresionante Porsche rojo que Carlos deseaba que estrellara. Me siento poderoso, ruge sólo con encenderlo. Imagino que la sangre del padre lo recorre y que cuando lo estrelle será como matarlo un poco.

De repente, alguien golpetea el vidrio. Me asusto, pero es el novio de Carlos; tiene otro rostro, otra consistencia, como si hubiera muerto y resucitado, es una persona diferente después de leer esa carta.

Bajo la ventanilla. Él se quita algo que lleva al cuello, un colgante donde hay un frasquito. Me imagino qué es antes de que él lo diga.

—Es el agua bendita que tenía para Carlos; desde ese día la llevo colgando. Carlos me ha pedido que se la dé a quien me ha dado la carta por si le puede ayudar en algún momento difícil de su vida.

Lo acepto, aunque sé que no me hará nada. Mi cerebro no se curará porque me eche agua bendita, pero Carlos era muy creyente. Siempre he pensado que la fe no tiene mucho que ver con las personas, sino más bien con las creencias personales. Yo sé lo que me digo. Acepto esa agua bendita. Imagino que Carlos no pensaba, cuando escribió esa carta, que yo recibiría su agua bendita y sería para un tumor con forma de pomelo en mi cerebro.

—Está en el cementerio de Montjuïc, en el corredor 6 C, número 433. —Sabía que iría esa misma noche, lo noté en su mirada.

—Gracias. —Siento que él también es creyente, quizás eso los unió.

Me despido de él, marcho y me cuelgo el frasquito con el agua bendita al cuello. Presiento que alguien será muy afortunado cuando ese chaval se vuelva a enamorar. Hay gente con suerte que acaba disfrutando del amor destinado a otra persona.

Lástima que la segunda cosa que tengo que hacer esta noche no sea tan agradable como ésta. Debo matar a alguien y no sé si sabré hacerlo.

El coche ruge, Izan me abre la verja y compruebo que los tutoriales de YouTube funcionan y le pillo enseguida el tranquillo a conducir un Porsche.

15

LOS QUE LLEVAN TIEMPO
EN ESTE MUNDO SON
LOS QUE MEJOR ABRAZAN

RUBÉN

Tardé en encontrar el ascensor que me llevara a la azotea, sólo había uno y debía ir con mucho cuidado para que no me pillara nadie, ni enfermeras, ni celadores ni médicos. Si eso pasaba, les contaría que me operaban mañana y necesitaba salir de la habitación. Esperaba que la dureza de lo que me esperaba al día siguiente sirviera para que me dejaran en paz.

Me gustaba la idea de compartir más tiempo con Irene y quizás aquello era lo que me había llevado a subir a esa azotea. La chica era guapísima, podría enamorarme de ella. En eso nos parecíamos los dos gemelos, siempre nos gustaban el mismo tipo de personas, tanto en la amistad como en el amor. Estaba bien que fuera así, no tenías que estar siempre alerta y podías distraerte porque tu hermano seguramente descubriría a esas personas especiales. Él cubría mi karma, si se podía decir así.

Jano, a esas personas especiales, las llamaba «cascabeles», creo que se lo enseñó alguien en el hospital. Decía que había personas que esplendían; él leía más que yo y creo que «esplender» es como iluminar. Irene era una de esas personas cascabeles, no había duda, esplendía una luz que me alumbraba y oscurecía mis sombras.

Me di cuenta en ese instante esperando el ascensor de que cuando mi hermano faltara debería esforzarme más; yo era más tímido y más vago y conocería a menos personas interesantes si no me ponía las pilas. Dejé esos pensamientos, no quería ni imaginármelo.

Subí al ascensor, que me llevó a toda velocidad hacia la azotea, allá estaba la zona donde aterrizaban los helicópteros que traían a la gente que tenía una urgencia. Jano me había contado que desde las once de la noche hasta las seis de la mañana no podían hacerlo para respetar el sueño de los otros enfermos, y supongo que por eso Irene había elegido el lugar menos frecuentado del hospital.

Cuando se abrieron las puertas descubrí que en el centro de la azotea había una sábana enorme, inmensa, cogida en dos palos gigantes que debían de servir para algo diferente a la función para la que se estaban utilizando. Mientras me acercaba, vi que aquella sábana enorme estaba compuesta por decenas de sábanas de camas pequeñas. Alrededor había lucecitas de colores que daban un ambiente perfecto al lugar, y supuse que eran las que se utilizaban para los aterrizajes nocturnos de los helicópteros. Todo aquello parecía una sorpresa muy trabajada destinada a la persona equivocada.

Tras pasar por debajo de la sábana, que se movía al ritmo de la ligera brisa que corría en aquella azotea, descubrí a los organizadores de la sorpresa.

Estaba Irene, que se había vestido de calle y todavía estaba más bella que la primera vez que la había visto, y también estaba aquel hombre enorme de casi noventa y cinco años que era tan amigo de mi hermano. Creo recordar que se llamaba señor Antonio. Siempre me había parecido que tenía pinta de boxeador retirado, aunque mi hermano me había dicho que era guionista de cine. Seguramente era así, pero yo continuaba pensando que también había sido boxeador.

Temí que me reconociera cuando me observase de cerca. Hay gente mayor que tiene ese don, llevan tanto tiempo en este mundo que saben ver las pequeñas diferencias en personas similares. Como os he dicho, no son relativas al tamaño ni a ninguna parte del cuerpo concreta, sino que son pequeñas variaciones en la mirada, en la pronunciación de algunas palabras y, sobre todo, en la forma de caminar las que reflejan dos personalidades diferentes.

No fue así, enseguida vi su enorme sonrisa al verme. Me abrazó de una forma que me hizo sentir muy cómodo. La gente que lleva tiempo en este mundo es la que mejor abraza, supongo que es por una cuestión de práctica. Los que juegan al fútbol también abrazan bien, porque los abrazos de gol transmiten mucha energía.

Me miró a los ojos y me susurró:

—Queremos que esta noche te sientas preparado y relajado para mañana, Jano. Sabemos que necesitas alimento para la mente que te ayude en la operación y qué mejor que visionar juntos una de mis películas favoritas, que te va a llevar lejos al verla, que te va a calmar y que vas a disfrutar. No la habíamos puesto antes porque la querías ver desde hace tiempo en pantalla grande y esto es lo más gigantesco que hemos podido hacer.

Es cierto, mi hermano era muy cinéfilo. De repente la pantalla se iluminó gracias a un proyector que no había visto y aquello se convirtió en un cine bello y privado para nosotros tres. Se podría decir que era un autocine porque los tres íbamos en silla de ruedas.

El sonido se escuchaba perfecto, me sentí un privilegiado. No sé si hacían aquello a menudo, me refiero a lo de ver películas icónicas antes de una operación. Aunque imaginé que si de la comida se sacan nutrientes que te ayudan, lo mismo ocurre con lo que visionas. Como dijo aquel hombre, aquello era un chute directo a la mente.

Decidí bajar de la silla y me senté en el suelo encima de unas mantas que habían colocado de manera muy delicada. Irene hizo lo mismo, me sentí muy bien acompañado. El señor Antonio nos observaba desde su silla, como si quisiera dejarnos espacio e intimidad.

No conocía la película, el título era *Rebeldes*, de Francis Ford Coppola. Tenía muy buena pinta. Decidí disfrutarla y olvidarme de que no estaba destinada a mí. Me concentré mucho, aunque no podía dejar de pensar que ella estaba tan cerca esplendiendo su energía con sólo estar a mi lado.

Salió ese título con letras amarillas y, mientras sonaba la canción «Stay Gold» de Stevie Wonder, una brisa enorme movió toda la pantalla, era como si la naturaleza convirtiese en 3D aquellas sábanas y parecía que los fotogramas de la película tuviesen vida.

Sentí que aquel visionado sería lo más intenso que había vivido y pensé que quizás Jano se había equivocado, no debía haberse marchado, hubiese sido bello que aprovechara lo que se estaba perdiendo. No creía que estuviera viviendo instantes tan impresionantes.

Sabía que aquel momento se acababa de impregnar en mi alma, en aquella retina interior que algunos creen que no existe. Notaba que volvería siempre que quisiera a ese instante, que me salvaría cuando creciese y tuviese algún problema grave.

Me sentía un privilegiado al tejer dentro de mí energía y luz para el futuro.

Comenzó a tronar, era como si todo el cielo se iluminara, pero no había rastro de lluvia. Me quedé mirando ese cielo increíble que parecía que nos iluminaba mientras en la pantalla seguía cantando Stevie Wonder a ritmo de los créditos iniciales.

Ella me cogió la mano y sentí que aquel momento sería totalmente inolvidable. Por fin comprendía a la perfección lo que era esplender y lo que te podía dar un cascabel.

16

SE NECESITA MUY POCO PARA INCENDIAR UNA RELACIÓN

DOCTOR ELÍAS

Habíamos llegado al barco. No era muy grande, pero seguramente allí estaban parte de los ahorros de toda una vida como anestesista.

Colocamos las cañas y nos sentamos cada uno en un lado de la embarcación. Estábamos de espaldas y esperaba el momento adecuado para poder contraatacar. Sabía que debía sacar el tema con tacto porque ya me había advertido que no estaba interesado.

El cielo brillaba extrañamente, como si fuera a llover pero nadie hubiera tocado las palancas adecuadas para hacerlo realidad, porque sólo tronaba. Era un bello espectáculo para ese instante tan importante.

—No esperarás a que pesquemos el primero para

volver a pedírmelo… —me dijo aquel anestesista sabio que sabía escuchar hasta las palpitaciones nerviosas de un corazón a distancia.

—Te he de hablar de ese chico tan especial. Sólo un poco más; si me dices que no después de conocerlo, pescaremos en silencio.

—Te lo he dicho antes. Todos son especiales, todos los que he conocido en el hospital son chavales, tienen vitalidad y son especiales porque aún nadie les ha jodido las esperanzas.

—A éste el cáncer ya le ha jodido un poco. Le falta una mano y un pulmón, y tiene un tumor enorme en la cabeza.

—Hablo de las personas, las personas son las que te joden de verdad. La enfermedad sólo te hunde momentáneamente. No hay nada como una mala persona, puede ser de tu propia familia o un amigo cercano y en minutos te puede joder la vida entera. Se necesita muy poco tiempo para incendiar una relación.

Hizo una pausa. Supe que me iba a contar algo

muy personal que desconocía de él y que supongo que explicaba ese aire introvertido que aparentaba desde que lo había conocido.

—Mi hermana era así, alguien a quien no he vuelto a dirigir la palabra, y si me preguntaras el porqué de nuestro distanciamiento, no sabría contártelo a la perfección, parecería muy banal. Pero no tendría ningún problema en contarte el dolor que queda en mí, la sensación de abandono que me provocó y que me ha llevado a no querer perdonarla jamás ni a buscar la reconciliación. Hablo de esa jodienda, la que sólo puede provocar un ser humano y que, por suerte, los niños todavía no conocen.

—Ya...

Sé de qué hablaba, yo había vivido cosas parecidas, quizás no a su escala, pero no estaba virgen en ese tema. Intentaba encontrar una historia que contarle para que supiese que le comprendía, pero no pude hacerlo.

—A ti tampoco te han jodido de esa forma. No busques nada semejante, se nota, aún tienes al niño dentro, por eso haces tan bien tu trabajo, los entiendes, no sólo los curas, sino que los comprendes. Sufres cuando los pierdes y sientes que podrías salvarlos a todos. Recuerdo cuando te conocí: sólo eras un MIR y aquel médico cabrón pero genial que fue tu maestro te maltrataba ante todos, pero jamás logró doblegarte. Lo hacía para convertirte en mejor médico, pero no entendía que algunos doctores pueden ser buenos sin necesidad de crearse una coraza que los proteja. Él era bueno, era superior, pero su coraza hacía que los enfermos le importaran una mierda. Tú siempre me has parecido mejor porque quizás no salvas a tantos, pero los escuchas mucho más y se sienten queridos el tiempo que están vivos.

Os puedo asegurar que no me esperaba aquello; no estábamos pescando, sino que parecía que el anzuelo nos llegaba hasta el esófago. Tardé en decir algo más, pero tuve la sensación de que debía defender a mi viejo maestro.

—Pocos lo saben, pero él siempre iba a las cuatro de la mañana a la uci a ver a todos los chavales que operaba, y siempre iba a esa hora para que nadie supiera que por dentro era un trozo de pan y que le preocupaban tanto esos chicos.

—Sí, le había visto alguna vez hacerlo, pero dudo que fuese por el bien del chaval, sino porque deseaba ver si su trabajo era perfecto. Se equivocaba en querer que fuerais implacables con la enfermedad y olvidarais lo que necesitaban aquellos chavales. A ti no logró anestesiarte del todo.

—Pero él tenía mejores tasas de supervivencia que yo.

—Seguramente aún debes trabajar más, pero eso se puede aprender con los años y con práctica, lo otro se lleva en los genes. —Giró la cabeza y me olió; era extraño tener esa conversación con una caña en las manos y sin mirarnos a los ojos—. ¿Llevas su colonia?

—¿Cómo?

—La colonia de tu maestro.

Me ruboricé.

—Sí.

—¿Por qué?

No esperaba tener que responder a esa pregunta y no sé si deseaba hacerlo. Pero si quería conseguir que me ayudara con Jano, debía ser totalmente sincero.

—Porque cuando él operaba, sudaba y todo el quirófano olía a esa colonia, y su maestría me quedó ligada a ese olor. Así que lo necesito: si me la pongo el día que opero, todo me sale mejor, como si él estuviera cerca de mí aconsejándome, o incluso operando a mi lado.

—Te comprendo. —Sonrió—. De cada gran amor que he tenido en mi vida, y sólo he tenido tres, me he quedado con su colonia. Cuando he roto la relación o la he perdido, me he puesto su colonia, como una herencia o como un bypass, para suplir la soledad hasta que llegase una nueva esencia a mi vida.

Aún olía a su última mujer, que había muerto a los pocos días de jubilarse. Todavía no había llegado alguien nuevo a su vida. Decidí ser honesto, me situé a su lado en la barca; sé que rompía un principio casi sagrado en la pesca, donde cada uno tiene su zona y no se comparte.

—Te necesito, Yuste, eres el mejor y el tumor está extendido por toda su cabeza. Jano sólo logrará sobrevivir estando consciente toda la operación, diciéndome lo que siente en cada corte con el bisturí. No me puedo equivocar.

—Tienes buenos anestesistas, te ayudarán, quizás hasta mejor que yo.

—No tienen experiencia en esta clase de operaciones. Tú, con el doctor Marcos, lo viviste en aquella operación con Nico. Son muy parecidos el tumor y la zona donde está.

Se hizo un silencio. Los dos sabíamos qué pasó al final con Nico.

—Nico murió en esa operación.

—Lo sé, pero casi lo lográis tú y mi maestro.

—Casi, pero no lo logramos, murió y también era muy especial; era un puto niño de doce años especial que aún me desvela algunas noches. Tengo su mirada y su sonrisa clavadas en el corazón como un machete que me ronda algunos inviernos. Los casis no salvan vidas.

Noté cómo su caña de pescar temblaba de la emoción, pero no llegó a llorar, se mantuvo en silencio hasta que se controló. Sé que estaba planteándoselo.

—Tu Jano tiene pocas posibilidades y lo sabes, hasta conmigo tiene poquísimas.

—Lo sé, pero sin ti no tiene ninguna.

Se quedó en silencio, sabía que era verdad.

Un pez picó en su caña, como si quisiera llamarnos la atención de lo que era importante, deseaba que nos centráramos en ellos. Pero mi anestesista no tocó la caña ni sacó al pez. Sólo con eso supe que había logrado su total atención.

—¿Tienes su historial y su tac?

Yo sonreí, llevaba encima ambas cosas con la esperanza de que quisiera verlas.

—No te alegres tanto, no digo que lo vaya a hacer. Y ya te advierto que si lo hacemos, si hay una sola posibilidad, hay dos cosas que necesitaré. La primera es que no lleves esa mierda de colonia, siempre me mareó y me puso nervioso; lleva la tuya, sé tú mismo.

»Y la segunda, que yo elegiré la música que sonará en el quirófano. Sólo quiero boleros de Los Panchos, es lo que mejor funciona para que todo el equipo esté en paz y centrado; nada de rock, nada de pop y nada de música clásica. Y comenzaremos con aquella canción que dice: «Siempre que te pregunto que cuándo, cómo y dónde, tú siempre me respondes: quizás, quizás, quizás». ¿La conoces?

—Sí.

—Era la favorita de mi mujer y le prometí que si alguna vez volvía a un quirófano la pondría en su honor. Aunque ella decía que reflejaría más la verdad si la canción dijera: «Siempre que me preguntas que cuándo, cómo y dónde, yo siempre te respondo que quizás no te gustará escuchar la verdad».

»Y eso es lo que puede pasar cuando me muestres

todo, seré totalmente honesto contigo. Si no hay ninguna posibilidad, no pienso meterme en una operación de ocho horas; sólo lo haré si es posible salvarlo. Y tú tendrías que hacer lo mismo, no deberías hurgarle si no puedes salvarlo. No habrá quizás en esta ocasión, ni casis.

Abrí la mochila y saqué todo su historial y los últimos dos tacs. Se los pasé y noté que los iba a devorar.

Sabía que no pescaríamos nada, pero esperaba no haberme equivocado y que no descubriera que no había ninguna posibilidad. Me agarraba a ese quizás con mucha fuerza: no estaba preparado para tirar la toalla, no podía volver al hospital y decirle a Jano que no le operaría y que se preparara para morir.

Pensé en él, esperaba que como mínimo pudiera sentirse bien esta noche, que no estuviera sufriendo y pudiese descansar. Jamás iba a verlos la noche anterior de una operación, no sirve de nada, no puedes ayudarlos; la han de pasar con quienes los quieren y haciendo lo que necesiten.

El cielo seguía tronando con más fuerza, era la banda sonora de aquel instante. Quizás, quizás, quizás…

Ojalá hubiera un quizás.

17

¿CUÁL SERÁ SU VERSO?

JANO

Conducía a toda velocidad por aquella ciudad que conocía tan poco y que seguramente jamás podría denominar «hogar», porque sus calles quedarían inéditas, pues para eso debería imprimir mis recuerdos emocionales en cada calle mientras fuera creciendo.

Además, aquel cielo tan tumultuoso parecía reflejar mi propio organismo. Estoy seguro de que parte de mi cuerpo no entendía a mi cerebro y repicaba como esos truenos y relámpagos. Siempre me ha parecido curioso que el cerebro esté tan alejado del resto del cuerpo, separado por el cuello, y que haya venas y arterias que no le lleven según qué elementos químicos; es como si se creyese superior y separado del organismo, al que siempre ordena y que muchas veces no le obedece.

Y es que, exceptuando ese trozo de pulmón que me recortaron, esa mano que me extirparon y ese fantasma que me visita cada día y me pega calambrazos como preguntándose dónde están esos cinco dedos que faltan, el resto de mi cuerpo funciona a la perfección, como si fuera un chaval normal de diecisiete años.

Tal vez por ello era tan complicado aceptar que quizás mañana, teniendo el cuerpo en plenas condiciones, mi cabeza podía dejar de controlarlo y quedar casi como un vegetal.

Tenía claro que cedería todo lo que pudiera a otras personas. Había firmado los papeles de donante anticipado para que avisaran a los posibles destinatarios de cada miembro que me extirparan.

Cuando firmas como predonante, y en un caso tan complicado como el mío, avisan a los destinatarios un par de días antes. Seguramente ahora habría catorce o quince chavales y chavalas de diferentes edades sabiendo que quizás su vida mejoraría en pocas horas si la mía se apagaba. Seguramente se encontraban como yo, entre esperanzados y nerviosos. Ellos necesitaban que lo mío fuera mal para que lo suyo fuera bien: suena extraño, pero era así. Como mínimo, era un consuelo saber que salvaría tantas vidas, aunque para cumplir hoy uno de los deseos tuviera que acabar con una.

Aquella segunda gran cosa que debía hacer me intranquilizaba. Me había comprometido a hacerla, pero una cosa es la teoría y otra la práctica. Matar a alguien era algo que no sabría si sería capaz de llevar a cabo.

Al menos no era un hombre bueno al que debía matar. Para mi amigo, para David, mi primer compañero de habitación, era una mala persona, a la que odió cada segundo que estuvo enfermo; si hubiera sido mayor, sólo tenía trece años, lo habría matado él mismo. Estoy seguro de eso.

Aquel hombre al que tenía que asesinar era su padre, una persona que, desde el día que pisó el hospital junto a él, supe que era diferente a cualquier otro padre. Cómo le trataba, cómo le miraba… David había sido el chico más alegre del hospital: desde que llegó se sentía libre y radiante. Y la leucemia no te hace sentir así, os lo puedo asegurar.

Una noche cercana a la Navidad, quizás hasta era el mismo día de Navidad, no lo recuerdo porque en el hospital las fiestas navideñas se viven de una manera extraña y redundante. Recuerdo que estábamos en la habitación y que cuando hacía frío él se metía en mi cama; nos gustaba sentirnos en contacto porque en el hospital casi nunca nadie se acerca mucho. Fue mi mejor amigo y aún echo de menos su calor corporal. Empezamos a luchar juntos y eso no se olvida.

La pena de perder amigos tan joven hace que sientas que vas quemando etapas demasiado rápido. Mi padre hospitalario me dice que un día me pondrá la película *Rebeldes* y entenderé muchas cosas. Yo le he pedido verla en pantalla grande, no quiero perderme esas experiencias al disfrutarlas en un televisor pequeñito en una habitación de hospital. A él le gusta el cine más que nada en el mundo, siempre me habla de películas que curan el alma, de fotogramas que te ayudan a cicatrizar las heridas. Las llama «películas salvaheridas».

Vi con él unas cuantas de esas películas, me gusta visionarlas sobre todo con él porque cuando acaban me enseña lo que hay oculto en ellas. Él es guionista, bueno, lo era, y seguramente lo sigue siendo, eso no creo que se pierda. También fue boxeador, basurero, vendedor de jamón de Jabugo y no sé cuántas cosas más. Quizás por eso me gusta tanto, porque tuvo trabajos que yo no tendré y posee experiencias que quizás yo no viviré. A David y a mí nos encantaba estar con él y empaparnos de su inteligencia y sabiduría.

Recuerdo el día que vimos *El club de los poetas muertos*. Es tan bella, tan pletórica, te sientes como uno de esos poetas muertos que necesitan a un profesor que les abra los ojos. Así es el señor Antonio para mí, siempre me abre el alma y me enseña cosas que desconozco pero que puedo vivir a través del cine. Lleva enfermo tanto tiempo como yo, pero lo suyo es crónico, lo que viene a significar que no lo matará pero le joderá continuamente.

Cuando acabó nos preguntó cuál era nuestra frase favorita de la película. Yo dije «*Carpe diem*», supongo que como todo el mundo que ha visto ese film, pero David se fijó en otra: «¿Cuál será su verso?». Me extrañó, para mí ese diálogo no era el principal, era uno secundario que parecía intrascendente. Pero en realidad David, a sus trece años, tenía razón:

«¿Cuál será su verso?» es lo que da sentido a toda la película. ¿Cuál será tu verso cuando Keating se marche: sentarte o levantarte? ¿Cuál será tu verso: aceptar que tu padre no te deja hacer teatro o quitarte la vida?

Tenía trece años y un gran secreto. Por eso entendió tan bien la película, no iba de aprovechar el momento sino de tomar partido, de elegir tu verso para definir tu carácter y crear tu personalidad.

Nos gustó tanto ese trozo que a veces íbamos por los pasillos y gritábamos ese diálogo que provenía de un poema de Walt Whitman:

¡Oh, yo! ¡Oh, vida!
De las preguntas recurrentes,
de las filas interminables de desleales,
de las ciudades llenas de idiotas.
¿Qué hay de bueno en todo esto, oh, yo, oh, vida?

Respuesta.
Que estás aquí,
que la vida existe, y la identidad;
que prosigue la obra, sobrecogedora,

y que tú puedes contribuir con un verso.
¿Cuál será su verso?

Lo podíamos recitar vomitando, a punto de entrar en una operación, despidiéndonos del otro antes de que le hicieran un tac. Cada uno decía una frase y el otro tenía que contestar. Parecíamos dos locos, pero sabíamos que aquellos versos nos convertían en cuerdos en aquel lugar tan extraño y frío.

David era tan genial… Tenía tan claro que quería ser feliz… Me llevaba tres años, pero parecían treinta porque era muy sabio. Creo que ha sido y siempre será el mejor amigo que he tenido en este mundo, empatado con mi propio hermano. Creo que en realidad éramos trillizos, simplemente que uno no se nos parecía tanto.

Pero a lo que iba. Esa Navidad o ese día cercano a la Navidad, me contó su secreto mientras compartía cama conmigo. Temblaba al relatármelo, y le abracé más fuerte; si alguien hubiera entrado entonces en la habitación, habría malinterpretado nuestra relación; la gente es muy idiota en todo lo que se refiere al sexo, al amor y a la amistad.

Él me confió su secreto, ese que es único, ese que te cuesta años soltarlo porque crees que te dejarán de querer, porque lo has hablado tanto contigo mismo, lo has negado, te ha dolido, lo has escondido, y cuando lo cuentas crees que el mundo explotará y tú reventarás.

Me contó la mierda de padre que era aquel hombre, me contó que cada día que vivía en su casa, en su cuarto, era un infierno. Los miércoles y los viernes su madre trabajaba por la noche, y él entraba y le obligaba a hacerle cosas. Y David no entendía nada, pero no sabía cómo librarse.

No me atreví a preguntarle mucho más, temblaba tanto, y luego me contó que llegó la leucemia y le libró de todo, le devolvió a otra habitación, a una en la que no había pánico, una en la que no debía tener miedo los miércoles ni los viernes. Y su padre supo que no podría agredirle porque las habitaciones eran compartidas y poco a poco dejó de venir. Le abandonó, venía su madre y él se sentía libre. No pedía salir los fines de semana, no tenía prisa en curarse, sólo ejercía su verso en libertad en el hospital.

Que te abandone un padre es algo que no puedes

llegar a comprender cuando los tuyos te quieren y se preocupan, es complicado entender que existe otro tipo de progenitor, es como si te hablaran de otra galaxia. Al menos eso es lo que yo sentía, porque los míos siempre estuvieron a mi lado.

Me pidió que le prometiera que no lo contaría jamás, que no diría nada a nadie. Y yo lo acepté, claro que lo hice, era mi mejor amigo. No quería fallarle porque me había confiado su gran miedo. Era miércoles el día que me lo contó, eso lo recuerdo a la perfección, no sé si era Navidad o no, pero era uno de esos miércoles que no tenía que preocuparse por que su padre entrase en su habitación.

Luego pasó algo tan terrible que jamás debería haber ocurrido. No, a David no nos lo arrebató el cáncer; al revés, un par de años más tarde él se curó milagrosamente y su destino era volver a su infierno.

Y no quiso, ejerció su verso, se quitó la vida un viernes, antes de que le diesen el alta y de que tuviera que volver a su terrible destino. Robó en el puesto de enfermeras un medicamento que debería haber estado bajo llave y se lo inyectó.

Nos repartimos su vida; en aquella época el grupo ya existía, no importaba contra quién perdíamos la vida, no era una venganza contra el cáncer, sino para honrar a los luchadores.

Nadie comprendía que estando curado se quitara la vida, excepto yo y, supongo, su padre. No deseaba volver a aquello que había dejado atrás; le entendía a la perfección.

Me dejó su deseo a mí, no lo compartió con nadie más; dentro de aquel libro de poemas de Walt Whitman que me regaló había una hoja escrita por él encima de nuestro poema coral. Era una carta corta donde ponía:

> Mata a mi padre antes de que mi hermano crezca y sufra. Ése es mi verso. Si lo haces te lo agradeceré siempre; si no puedes, lo comprenderé porque yo tampoco me atreví, pero creo que con los años serás el más valiente de todos, aquel que está destinado a salvarse y salvarnos.

Su hermano tenía cuatro años cuando yo recibí la carta; ahora debía de tener unos nueve, no sé si ya era apetecible para ese monstruo. David me dijo que todo comenzó con él a los diez, pero no sé si los monstruos repiten sus monstruosidades o innovan. Al menos los que conocía sí que tenían unas costumbres parecidas y siempre iban en sentido antihorario.

No tenía revólver, no tenía cuchillos, sólo una inyección que había robado aquella tarde a la enfermera que hablaba con diminutivos y que sabía que dejaría KO a un adulto en un minuto. La misma sustancia con la que David se había quitado la vida. Seguían sin tener mucho control en el puesto de enfermeras.

Su padre trabajaba en un parking, de vigilante nocturno; yo tenía un coche y un plan bastante absurdo: aparcar, llamarle por un problema ficticio, clavarle la mitad de la inyección, meterlo inconsciente en el coche, llevarlo a la segunda residencia de mis padres en la montaña, donde no había nadie, decirle por qué le mataba y clavarle el resto del veneno. Un plan estúpido y que seguramente no funcionaría, porque acabar con un monstruo no podía ser tan sencillo y yo no era tan valiente como David pensaba, ni mucho menos era ese salvador que él creía.

Decidí cumplir unos cuantos deseos fáciles antes de dirigirme al parking. No eran gran cosa. Patxi, cáncer de estómago que nos dejó con siete años, había pedido que alguien devorara cuatro pizzas gigantes por él; no todo el mundo tenía deseos inconfesables.

Patxi era uno de esos que sólo soñaba con comer, comer y comer, y supongo que por eso su cáncer fue hacia su estómago; como os he dicho, siempre busca nuestro punto débil para destruirnos. Así que meterse cuatro pizzas una noche entre pecho y espalda era su deseo y yo lo hice realidad aquella noche. No me costó nada, tenía un hambre de gigante después del partido de tenis y necesitaba recuperarme.

Luego hice otra cosa sencilla. Gara, que perdió tres vértebras esenciales con doce años, pidió que alguien corriera durante veinte minutos seguidos a toda velocidad hasta desfallecer y sin parar de silbar. Aquella chavala mallorquina, que era runner y que amaba correr, acabó en silla de ruedas y pidió que alguien volviese a correr y a silbar por ella. No fue buena idea hacerlo en ese orden, porque acabé devolviendo todas las pizzas.

Lo otro que hice antes de ir al parking también era de bajo calibre, aunque en realidad nada lo era, porque eran deseos de gente a la que quería y que se había marchado antes de tiempo. Digamos que simplemente eran más genéricos, o al menos eso me parecía, aunque reflejaban la personalidad de mis amigos. Y sé que para ellos aquello era algo pendiente y, cuando estás enfermo, no quieres que se te quede nada sin hacer.

Me situé en medio de una plaza y canté a pleno pulmón esa bella canción de «Vivir así es morir de amor». Aquella chica de quince años de la que estuve enamorado cuando yo tenía su misma edad, Mariona, me lo había pedido. Su sueño era cantar en la calle; me daba tanta vergüenza hacerlo…, pero sabía cuánto le encantaba a ella esa canción y su sueño era ir un día a una plaza y cantar esa canción a pleno pulmón, el mismo que perdió lentamente. Nuestro lema era más «Morir así es vivir de amor»; creo que reflejaba mucho lo que sentíamos y lo que era nuestra vida.

No estuve mal; al principio no conseguía entonar, pero después logré meterle espíritu pensando en ella, bailaba al ritmo y no me quedó nada mal el karaoke. Me saqué unos doce euros de turistas. Quizás me podría dedicar a ello.

Podía haber hecho el amor con aquella bella chica, ella tampoco tenía mano y nos parecíamos como si estuviéramos marcados, como si estuviéramos desparramados, pero no pasó, yo todavía era virgen.

Con Irene podía pasar, pero me daba miedo, miedo a que me perdiera; nos pasa mucho a los niños enfermos, dejar cargas, es algo que no deseas que nadie tenga que llevar a la espalda. De ahí la discusión del día anterior: ella quería tenerme, poseer mi amor antes de perderme y yo no podía, no deseaba que ella se llevase ese recuerdo y después me perdiera.

Poca gente lo entiende, pero no te entregas con pasión para que luego te pierdan a las cuarenta y ocho horas. Ella lo comprendió pero no lo entendió, que son cosas muy diferentes.

Me aplaudieron mucho unos japoneses, que me lanzaron un montón de monedas pequeñas. Y no sé por qué canté otra más cuando no tenía necesidad. Puse en el karaoke de mi móvil «The show must go on», me parecía bastante ideal para el momento que vivía. Cuánta gente puede salir del juego y sigue jugando.

La chica que no tenía mano murió de noche, de repente. Yo era su compañero de habitación y me enteré por la mañana, cuando le cogí la mano, un ritual que hacíamos todas las mañanas. Estaba tan fría y morada…, la muerte te quita el color y la temperatura. Fue la primera persona muerta que vi, los demás morían en ucis y nunca los veía; tardé en avisar a la enfermera, me quedé como en shock en el suelo, mirándola, cogiéndole la mano, sabiendo que seguramente ése sería mi futuro en poco tiempo.

Ella también tenía miedo al futuro, me lo dijo un día medio temblando. Miedo al qué pasará. No supe ayudarla, yo tenía miedo a no tener futuro, que es otra cosa diferente. La enfermedad no te hace más inteligente; a algunos los vuelve más miedosos y a otros menos miedosos. Lo que es seguro es que no te hace valiente.

Yo sentía que me habían arrebatado tantas cosas cuando iba de fin de semana a casa de mis padres y podía salir del hospital; esos viernes me quedaba mirando a las cinco y media desde el balcón cómo bajaban andando mis amigos del cole que vivían cerca de casa. Era como ver por unos instantes lo que había perdido; esos pocos segundos antes de que doblasen la esquina divisaba la felicidad que había perdido.

Después de intentar emular al líder de Queen decidí que ya era hora de cumplir aquello tan complicado que le había prometido a David o al menos fracasar intentándolo.

Me subí al coche y me dirigí hacia el parking. Tardaría quince minutos en llegar: me sabía de memoria el camino hasta ese lugar cercano al puerto. Todo estaba planificado en mi cabeza.

Llegué al parking más rápido de lo esperado y en la entrada vi la garita de acceso. El monstruo estaba allí leyendo un libro, creo que era de Paul Auster, no pude ver el título.

Me miró y no me reconoció. Es normal, me vio un par de veces con once años y en pijama: era el chico que no le permitiría abusar de su hijo al compartir habitación con él.

El tíquet de entrada al parking salió y la barrera se levantó. Yo respiraba nervioso, aquel hombre era grande, no lo recordaba así, yo no tenía mucha fuerza y ya no estaba seguro de si la inyección lo tumbaría.

No moví el coche de delante de la garita, no aceleré ni cogí el tíquet; él tardó en darse cuenta de mi inacción. Creo que estaba muy metido en aquel libro y deseaba acabar el capítulo. Nunca imaginé que leyese, y menos aún de manera tan concentrada.

Finalmente se dio cuenta, es como si algo en nuestro cuerpo nos advirtiese de que algo extraño nos rodea. Un sexto sentido aunque no prestes atención. Supongo que el ruido del motor de mi coche o mi respiración entrecortada le llamó la atención.

Abrió un poco la ventanilla y esta vez me miró. También observó aquel coche que no le parecía que cuadrara con mi juventud.

—Puedes pasar, coge el tíquet, se paga en la máquina de la segunda planta. Aparca donde veas una luz verde —dijo en un tono muy agradable para ser un depredador.

Seguí quieto, sólo era capaz de pensar que por qué alguien que leía a Auster podía ser un monstruo e intentaba encontrar fuerzas para recitar mi verso, el que tenía que ejercitar, y convertirme así en el asesino de aquella mala persona. ¿Era ése realmente mi futuro?

—¿Te ocurre algo? —preguntó, extrañado de que no arrancase.

Yo estaba totalmente paralizado, ése no era el plan que había ideado. Él por fin dejó el libro, previa marca doblando una página, y me miró fijamente, tenía toda su atención. Me di cuenta de que en aquella mirada había algo sucio, era como si viera el pánico del que me hablaba David.

—Chico, ¿por qué no arrancas?

Vi que iba a salir de la garita, miré por el retrovisor que no viniera nadie y me acerqué la mano a la chaqueta; debía asestarle la inyección en la yugular para tumbarlo. Temía que la ropa impidiese que se clavara la aguja, llevaba una especie de uniforme de tela azul que parecía que le cubría hasta el cuello.

Abrió la puerta de la garita y me observó; fue como si se enfocase en mí, vio mi edad, no sé si yo era el tipo de chico al que le haría monstruosidades, pero noté que su mirada viraba un poco hacia lo turbio, como si me escrutase. Bajé la ventanilla. Él se acercó e introdujo un poco la cabeza.

—¿Hay algún problema, chico?

Sonaba en el coche un tango argentino y yo saqué la jeringuilla pero no fui rápido, él detuvo mi mano, era fuerte. Me habría ido tan bien una segunda mano… Intenté presionar con más fuerza, pero no podía con él. Él introdujo mi mano en el coche y también medio cuerpo suyo. Sabía que aquello acabaría muy rápido si no reaccionaba y sólo podía hacer una cosa: tuve que acelerar porque estaba totalmente vencido. Y fue entonces cuando su cabeza chocó contra la luna delantera mientras su cuerpo se ponía horizontal y el tango cogía velocidad al mismo tiempo. En ese instante agarré la jeringuilla y se la clavé en el cuello; fue un gesto rápido, casi instantáneo. Él movió rápidamente la cabeza y la estrelló contra la mía, me dio un cabezazo de pleno. Sentí que perdía el conocimiento y decidí frenar en seco; tenía que destrozar aquel coche, pero aún no era el momento, él volvió a chocar contra el cristal delantero y yo contra su tórax.

Sentía que aquello no era lo mejor para mi cabeza y noté que me iba a mi orilla, comenzaba a nadar un poco hacia esa orilla que siempre me acogía en los malos momentos.

Sabía que perdería el conocimiento, pero ignoraba cuánto tiempo estaría así. Imaginé que, cuando despertara, él estaría mirándome y hasta pensé que me haría alguna monstruosidad. No quería haber fallado a David, pero asesinar a gente no era lo mío. Aquel plan había fallado por culpa del miedo y la parálisis.

Seguía nadando hacia mi orilla, eso significaba que estaba inconsciente; sentí que quizás no despertara y mi hermano jamás entendería por qué no había vuelto y tendría que confesar quién era antes de que le llevasen al quirófano y le abriesen la cabeza.

Me imaginé sus explicaciones, las preguntas de la policía cuando se personasen allí y la incredulidad de mis padres. Nadie entendería qué hacía en aquel parking clavándole una jeringuilla al padre de David. Otra muerte extraña como la de mi amigo.

Dice el señor Antonio que a veces no nos imaginamos las locuras tan grandes que podemos llegar a hacer y que eso es lo fantástico de esta vida. Él baila el tango como Dios, creo que también fue profesor de tango cuando vivió en Buenos Aires; le encanta «Septiembre del 88» de Cacho Castaña porque habla de eso de saber que vives lo peor pero que a la vez se puede imaginar que está ocurriendo lo mejor. Es una canción tan vitalista, tan llena de vida… «Si vieras qué linda que está la Argentina…». Me encanta ese verso, siempre me lo repite para que sepa que nada está perdido porque te queda la imaginación.

Cuando por fin abrí los ojos, me sentí mareado. Temía que tanto vaivén en mi cabeza complicara todavía más el trabajo a mi médico. Nada estaría como en el tac, no quería ni pensarlo.

Increíblemente, el padre de David seguía por completo paralizado, tuve que empujarlo porque me estaba aplastando y cayó como un bolo al suelo del parking. Estaba totalmente KO, no podía creerme que aquello hubiese funcionado. Grité como un loco, bajé del coche y le pegué cuatro patadas en las costillas, pero no se movió. Comencé a saltar, no sé, me sentía tan vivo… Comencé a gritar nuestro poema:

—¡*Oh, yo! ¡Oh, vida! ¡De las preguntas recurrentes!*

Pero de repente paré; oí un coche, alguien llegaba a la garita del parking. Estaba lejos de la entrada, pero quizás pudiera verme o al menos intuir que ahí pasaba algo raro. Seguramente le extrañaría que no estuviera el vigilante si era un cliente asiduo, aunque supuse que no le daría importancia porque pensaría que estaba haciendo algún apaño por el parking.

Metí como pude a aquel hombre que pesaba casi cien kilos en los asientos traseros. Y os puedo asegurar que echas de menos tener dos manos en esos momentos. Me salió una fuerza increíble, casi la misma que tuvo mi madre aquel día en que me sacó de la bañera cuando perdí el conocimiento, con dieciséis años, después de una tanda de quimio. No sé cómo lo hizo, pero me salvó de morir ahogado; la fuerza de la convicción, imagino, o la energía que sólo posee una madre.

El coche del desconocido cruzó la barrera y se dirigía hacia mí; no me daría tiempo a ocultarlo, pero supongo que hasta los asesinos tenemos suerte, porque no llegó hasta donde yo estaba, decidió bajar a la segunda planta. Me sentí tan afortunado que le pegué otro puñetazo. No sabía cuánto tiempo tenía hasta que se despertase, pero tocaba seguir el plan original a partir de ese instante.

Creo que nunca en mi vida me había sentido tan adrenalítico. Me sentía vivo y comprobé que él también lo estaba. Sí, aquel corazón de cerdo estaba en funcionamiento. Dudé si clavarle el resto de la inyección y marcharme de allí, pero si él no sabía por qué le infligía aquel castigo no valía la pena. Deseaba que supiera que dos chavales le habían vencido: uno de trece lo había ideado y uno de diecisiete lo había ejecutado.

18

REBELDES
CON CAUSA

RUBÉN, *SEÑOR ANTONIO*

Me apasionó tanto la película, me sentí como Pony-boy Curtis, sentí de lo que hablaba, yo no era el mediano de tres hermanos, pero comprendí hasta la médula cada fotograma de *Rebeldes*.

Jano era la viva imagen de Sodapop Curtis, tenía su carisma y su fuerza. No sé si mi hermano sentiría lo mismo si la viese ni si estaría de acuerdo.

Ese final con ese poema de Robert Frost me tocó el alma. Ese «Stay Gold», ese «permanecer dorado», era perfecto para el instante que estaba viviendo; bueno, que estábamos viviendo. Sentía que, como dicen en la película, los niños lo ven todo por primera vez y ahí está su grandeza, hay que permanecer dorado, hay que mantenerse con los ojos abiertos en busca de emociones.

Miré a aquel hombre gigantesco con lágrimas en los ojos cuando acabó la película; yo también lloraba. Imagino que con aquella película preparaba a mi hermano para su muerte o al menos para lo que vendría; deseaba darle alimento a ese cerebro que podía dejar de funcionar. Irene también lloraba y me cogió la mano.

El señor Antonio se tumbó con nosotros dos en aquel helipuerto de hospital cuando los créditos acabaron. No me imaginaba que habría un cinefórum. Hasta ese momento había estado sentado en su silla de ruedas.

Nos habló de la magia de esa película. Nos preguntó sobre nuestro personaje favorito, la secuencia que nos había marcado y qué opinábamos de ese final tan circular. Nunca había analizado tanto una película y de manera tan certera.

Me temblaban un poco las manos; no deseaba mover la izquierda, no quería desvelar mi secreto y que eso hiciera que me expulsaran de aquel instante. No recuerdo ni cuánto tiempo hablamos mirando aquel cielo rampante.

Irene era muy buena explicando los sentimientos que había tenido; el señor Antonio nos dejaba hablar a nosotros, pero dirigía la conversación. Supongo que deseaba alimentar el cerebro de mi hermano con energía positiva para que supiera que había que confiar en que todo saldrá bien aunque tus circunstancias sean complicadas.

Irene finalmente dijo que debía marcharse; ella tenía más vigilancia, estaba a punto de pasar la ronda de enfermeras y no quería hacer saltar las alarmas. No sé qué tendría Irene, no le veía ningún tipo de cicatriz exterior. En cambio, el señor Antonio respiraba de una forma tan complicada que imaginé que lo suyo era pulmonar. Mi hermano nunca hablaba de lo que tenían sus amigos hospitalarios, creo que estaban cansados de que su enfermedad los etiquetase.

El señor Antonio se alejó para dejarnos ese momento de despedida.

—Mañana saldrá todo bien. Eres un rebelde con causa —me dijo Irene mientras me miraba muy fijamente a los ojos; sentía su amor.

No supe qué contestar.

—Lo de ayer… —continuó ella—. Lo comprendo, sé que no deseas que sufra, pero para mí lo de ayer no fue una despedida, me encantaría tener nuestro momento. Intentaré volver después de la ronda de las enfermeras; no te marches, por favor. Quiero seguir construyendo nuestra orilla.

No sabía a qué se refería, conocía menos a mi hermano de lo que creía. Volví a quedarme en silencio. Ella me dio entonces un increíble beso que yo disfruté de una forma que no sabía que existiese. Se marchó y le agradeció al señor Antonio la sesión de cine.

La vimos irse; no sé qué había pasado entre mi hermano y ella, pero podía imaginarme que tenía que ver con no implicarse. Él tenía muy claro que no deseaba que nadie se llevara cargas de él y en eso nos incluía también a la familia.

Cuando ella desapareció por el ascensor, pensé en cómo lo haría para irme rápidamente. Sentía que tenía que volver a mi habitación y esperar a mi hermano, no quería seguir siendo un farsante más de lo necesario.

—Te imaginaba diferente —me dijo el señor Antonio mirándome fijamente tras la marcha de Irene.

Me quedé blanco. Comprendí a lo que se refería, pero no repliqué nada.

—Puedes sacar la mano. A ella supongo que la has engañado por el instante vital en el que está. No te preocupes, no ha sospechado nada, no creo ni que sepa que Jano tiene un gemelo; se conocen hace muy poco y tu hermano no habla mucho de ti.

Saqué la mano al instante, la voz de aquel hombre sonaba a órdenes que debían cumplirse sin rechistar; seguía pensando que era un boxeador retirado. Me sorprendió que Jano no hablara de mí, pero quizás tenía sentido, yo allá no era nadie.

—Supongo que tu hermano quería vivir un poco, ¿no?

—Sí, eso me dijo —respondí secamente—. ¿Cuándo supo que yo no era Jano?

—Tu hermano nunca escucha tanto o de esa forma tan intensa. Me engañaste al inicio y, aunque noté algo raro, lo atribuí a los nervios de la operación.

Se quedó un rato en silencio, sacó un cigarro y comenzó a fumar. Tosió varias veces, estaba claro que no le sentaba bien, pero le daba igual. Estaba de vuelta de muchas cosas.

—No sé por qué no me lo comentó tu hermano, le habría apoyado totalmente.

—¿Qué cree que ha ido a hacer?

—Bueno, no es difícil de imaginar, debe de querer vivir y sentir. Nada diferente de lo que hemos visto en el cine hoy. Supongo que desea ser un rebelde auténtico por unas horas.

—Supongo… No quería engañarle. Mi hermano me pidió que no saliera de la habitación.

—Creo que te lo dijo para que salieses…

—¿Cómo?

—¿Sabes?, hace un par de años, cuando él tenía

un grupo en este hospital, yo le hablé de los problemas, de la vida y de cómo solucionarlos.

»Yo sufrí hace años un accidente grave. Soy de un pueblo que se llama Peñaranda de Bracamonte, en Salamanca; allí en 1939, un nueve de julio, cuando la guerra había acabado, explotó un polvorín donde se guardaban más de trescientas toneladas de bombas. El tren que venía de Salamanca, al pasar por la estación, entró con las ruedas al rojo vivo e hizo que explotara la carga que llevaba y seguidamente todo el polvorín saltó por los aires. Era un maldito domingo.

»Yo aquel día aún estaba durmiendo; mi madre y mi padre fueron a misa y no los volví a ver. Todo ocurrió en unos segundos: me hice mayor y me quedé solo en unos treinta segundos.

»Durante años estuve perdido, deseando joder al universo porque me había jodido, pero después tuve suerte y consejos de desconocidos me llevaron a hacer una especie de paces con el mundo. Y uno de esos desconocidos me habló de llevar la vida de otro durante un tiempo, de tomar las decisiones de otra persona durante una semana; le ofrecí mi vida y sentí que alguien sin el odio que yo poseía dentro podía manejarla y darle un sentido. El odio es un mal copiloto y te lleva a sendas horribles y repetitivas. El odio es rutinario y previsible.

»Creo que tu hermano te está ofreciendo su vehículo durante unas horas, que tomes decisiones por él, las que él no se atreve a tomar. No sé si me explico.

Se explicaba muy bien, no podía ni imaginar el horror que había vivido aquel hombre durante su vida. Pero dudaba de si mi hermano quería realmente eso que él me relataba; me extrañaba que deseara que fuera él durante unas horas, pero notaba que tenía sentido. Él tenía como copiloto al miedo y quizás deseaba que yo pilotara durante unas horas una vida tan condicionada por una enfermedad que seguramente acabaría con él y que desconocía.

—La vida cambia de repente en un segundo —continuó hablando aquel hombre sabio—. No te lo imaginas, porque si lo supieras estarías más alerta. Y no vale la pena lamentarse porque son sus reglas, las del universo: cambiar cuando estás estable y cambiar cuando estás inestable.

»Yo no merecía perder a mis padres, tu hermano no merecía luchar contra el cáncer y tú no merecerás eso tan terrible que seguramente te pasará y que te costará asimilar. Ni te imaginas la putada que el universo te prepara. Disfruta de esta noche y mañana tendrá que ser lo que sea.

—¿Qué hizo aquel hombre con su vida el tiempo que la tuvo? —le pregunté, porque la curiosidad me tenía atrapado.

—Me obligó a escribir, aunque nunca había escrito nada. No tenía profesión, soñaba con ser futbolista, pero mi vida se fue al traste tras el polvorín: yo exploté por dentro, mis padres por fuera. Dejé todo durante años, me drogué, bebí, a lo largo de un año me propuse estar cada día con una persona, no me importaba si hombre o mujer; no deseaba dormir solo y destrocé muchas vidas por mi egoísmo.

»Me convertí en un polvorín y aquel hombre me dijo que escribiera sobre esa mierda que llevaba dentro, que la explotara en secuencias, en la ficción y no en la vida real, o no llegaría a viejo.

—¿Él era guionista?

—Sí, y bastante famoso. No sé qué vio en mí pero durante una semana me enseñó todos los trucos para escribir. No hay muchos, se resumen en: dialoga, dialoga y dialoga, de la misma forma que él nadaba cada día. Él decía que nadar y dialogar son actos parecidos; hay mil formas de hacerlo, diferentes estilos, lo importante es que sales de un sitio y llegas a otro. Cómo lo hagas, en veinticinco o en cincuenta brazadas o en veinticinco o en cincuenta líneas, es decisión tuya.

—¿Y funcionó? ¿Escribió aquella semana?

—Saqué mucha mierda: vivir mierda hace que sepas escribir de una manera diferente al resto. Él me habló de trucos. Me decía: escribe un «solo». Para él, un «solo» son todas aquellas películas en que sólo hay un personaje que debe enfrentarse a un peligro: *Solo ante el peligro*, *Solo en casa*, *El marciano*, *Náufrago*… Hay mil pelis de «solo» en la historia del cine.

—¿Escribió *Solo después del polvorín*?

—Chico listo. Sí, hablé de aquello, de ese solo. También me hizo escribir un éxito al revés. Él decía que hay que tratar de encontrar una idea famosa desde otro punto de vista. *Encuentros en la tercera fase* y *ET* son un ejemplo claro. Es como el mismo tema visto desde dos perspectivas diferentes. Darle la vuelta al éxito.

Me quedé sin saber qué decir, tenía mucho que asimilar, aquel hombre se había abierto en canal ante mí siendo un desconocido. Decidí no fallarle y preguntarle lo que me rondara por la cabeza sin pensar que casi nos acabábamos de conocer.

—¿Su problema pulmonar tiene que ver con el polvorín?

—Sí, chico listo, todo aquel polvo que tragué hizo que mis pulmones lo acumulasen desde niño. De alguna manera estoy viviendo lo que no viví, todo vuelve en esta vida; de una manera u otra, todo vuelve. ¿Cómo te llamas? Sé que tu hermano nos presentó un par de veces, pero lo olvidé.

—Rubén.

—Rubén, tu hermano te está ofreciendo realizar tu solo y puede ser como el suyo, un éxito desde otro punto de vista, o quizás te está pidiendo que hagas un solo, tu propio solo en el hospital. Uno debería actuar siempre en momentos de furia. Aprovéchalo, no te plantees mucho más. No te infravalores, uno vale tanto como lo que se proponga o tanto como se valore o tanto como le dejen demostrar. Tú decides.

Sonrió y seguidamente se marchó canturreando una canción, creo que algo así como «si vieras qué linda que está la Argentina». Desapareció entre aquellas sábanas que habían albergado fotogramas únicos y me quedé tocado. Nadie me había hablado así, sentí un poco por qué mi hermano era como era: le hablaban como a un adulto, le educaban unos extraños y le obligaban a salir de su burbuja de confort.

Me gustó aquel chaval; eran gemelos parecidos, pero tenían centenares de diferencias. Sabía que aprovecharía la oportunidad que su hermano le brindaba. Notaba que cada día tenía menos fuelle, debía cuidarme, sabía que mi solo estaba cerca; pronto se marcharían los últimos chavales y no me sentía con ánimo de cuidar a los siguientes. Le dejé en aquel helipuerto, sabía que haría lo correcto.

Cuando el señor Antonio desapareció, estaba claro lo que debía hacer esa noche. No se trataba de que yo viviera experiencias únicas sino de ser él, mi hermano Jano, de llevar su vida durante unas horas y atreverme a darle a los que le querían algo diferente que su miedo no podía ofrecer.

Sabía con quién empezar. Cogí el teléfono, estaba convencido de qué tocaba hacer, aquello a lo que mi hermano no se atrevía desde hacía tiempo y que sólo él tenía la clave y la potestad para hacerlo. Marqué ese número que me sabía de memoria. Era la primera cosa que quería hacer, pero no la última…

19

NO ES QUE NO TUVIÉRAMOS
NADA QUE DECIRNOS, ES QUE
YA NOS LO HABÍAMOS DICHO TODO

MADRE DE RUBÉN Y JANO
Y *PADRE DE RUBÉN Y JANO*

No podía dormir, oía a Javier dando vueltas, pero creo que hacía ver que dormía, estaba muy quieto, aunque seguramente pensaba como yo que nuestro hijo no saldría de aquella operación.

Laura estaba nerviosa, creo que me escuchaba respirar. Debía girarme y hablarle, pero no sabía cómo hacerlo; no es que no tuviéramos nada que decirnos, es que ya nos lo habíamos dicho todo. Seguramente si Jano moría mañana, nos separaríamos; sólo estábamos juntos por su dolor, era nuestro pegamento.

Llamaron al teléfono y eso hizo que Javier lo cogiese rápidamente. Temía que fuera el hospital, no era la primera vez que nos llamaban a horas intempestivas y nunca era para dar buenas noticias.

Noté la respiración de Laura sobresaltada; estaba tan asustada como yo. A altas horas de la madrugada sólo te llaman para darte malas noticias. Lo cogí: era Jano, respiré tranquilo.

—*Es Jano.*

—Jano. ¿Qué le pasará? Ponlo en altavoz.

Lo puse en altavoz. Sonó la voz de Jano; al principio pensé que era Rubén, no era la primera vez que los confundíamos por teléfono.

—Papá, mamá, quiero pediros un favor.

—¿Estás bien? —dijimos al unísono.

—Sí, todo bien. Rubén está dormido, hemos cenado muy bien. Quiero pediros algo, deseo que salgáis esta noche, que disfrutéis, que os corráis una juerga, que os riáis, que os sintáis afortunados, que os deis besos, que sintáis la suerte de tener aún a toda la familia junta. Que pase lo que pase, mañana será mañana pero hoy es hoy, sé que no dormiréis, pero necesitáis aprovechar ahora que los cuatro aún existimos en este universo. Por favor, no digáis que no tenéis ganas ni humor, hacedlo por mí.

»Yo estoy bien, estoy preparado, os quiero y mi regalo para mañana sería poder ver esas fotos. Por eso le he pedido a Rubén que viniera, para que tuvierais toda la noche para vosotros solos.

»Mi mejor recuerdo sigue siendo cuando de pequeño olía vuestra colonia porque os marchabais a cenar con unos amigos y esos pasos que se alejaban hacia la puerta. Horas más tarde, volvíais riendo, pagabais al canguro y ese olor estaba mezclado con mil aromas y la colonia casi había desaparecido; vuestra felicidad me alimentaba y hoy también lo hará.

»Haced fotos, pero fotos bellas, de verdad, sentíos afortunados.

»¿Sabéis?, cuando me puse enfermo, a la semana hicisteis unas fotos de estudio. Supe que eran para captar ese instante antes de que ingresara por si me perdíais. Son fotos que reflejan el fin de una era y quiero unas que marquen el inicio de otra. Hacedlo, por favor. Os quiero y mañana lucharé como un jabato.

No pudimos decirle nada, colgó. Laura me miró, yo la observé. Normalmente ella habría dicho que no le hiciéramos caso.

Javier me miraba: parecía que iba a decir que Jano no estaba bien y que no le hiciéramos caso, pero me sorprendió cuando empezó a vestirse y dijo:

—*¿Dónde quieres ir a bailar?*

Y Laura me sorprendió y se vistió también. Se puso ese vestido blanco que hacía años que no tenía utilidad y yo aquella camisa roja que hacía años que cogía polvo. Y nos dimos un beso, no sé por qué, hacía tanto que no nos mostrábamos cariño el uno al otro, sólo vivíamos para él, para su dolor y para su recuperación.

Y Javier me besó y recordé el día en que me puse a llorar en medio de la calle porque sabía que Jano perdería la mano y aquel desconocido me paró y me preguntó: «¿Está bien, señora, le ha pasado algo?». Y tuve tantas ganas de contárselo todo, de decirle que no podía más, que no me merecía esto, que sólo tenía cuarenta años y debía vivir para mi niño. Hacía años que no me sentía mujer, sólo la madre de un niño enfermo.

Hacía años que no me sentía hombre, sólo padre. Todos en la oficina me tenían lástima. Era el que se iba antes del trabajo, el que hacía sonar el claxon dos veces por la noche para avisar a mi mujer de que podía marcharse porque hacía el cambio de guardia en el hospital, el que obligaba a seguir la quimioterapia y a estudiar a un hijo que seguramente no sobreviviría. Nunca le dejé bajar la guardia y tampoco le dejé tirar la toalla, ni tan siquiera tenerla.

La besé, Laura me devolvió el beso y dejamos de vestirnos y comenzamos a desnudarnos para hacer el amor como locos, algo que fue inesperado. Hacía años que no nos deseábamos de esa forma; había olvidado su cuerpo y su fuerza cuando perdía el control.

Gozábamos, y eso era algo que necesitábamos. Aquella noche me sentía nuevamente viva. Me olvidé de que tenía un hijo enfermo; no sé qué pensaría Javier si se lo dijera.

Me olvidé de que tenía un hijo enfermo; no sé qué pensaría Laura si se lo contara. Estaba seguro de que todo saldría bien, lo presentía, y pasara lo que pasase aquello no lo perderíamos, habíamos vuelto a ser nosotros.

Estaba tan segura de que aquella operación saldría bien, lo presentía con fuerza. Me dejé llevar por el sexo, el resto no importaba en ese instante, pero supe también que aquello había cambiado, nos habíamos recuperado aunque lo perdiéramos.

20

JANO, EL DIOS DE LAS DOS CARAS

DOCTOR YUSTE

Elías dormía. Su cabeza estaba sobre la caja de los anzuelos. Yo miraba aquellos tacs y les echaba el último vistazo; se trataba de una operación casi imposible. Realmente era demasiado arriesgado abrir la cabeza de Jano.

Jano, el dios de las dos caras; creo que me lo enseñaron en el colegio. Era el dios romano que representaba la vida y la muerte, el comienzo y el final, como una puerta que hacía la transición entre el pasado y el futuro y, además, era uno de esos seres mitológicos que tenía poder sobre la luz y la oscuridad. Un nombre muy adecuado para el tumor que le invadía.

Estaba tentado de despertarle, pero llevábamos tantas horas discutiendo sobre las posibilidades de éxito que prefería que descansase. La verdad es que no había casi ninguna, pero eso a Elías no le importaba; él operaría, aunque supiera que el fracaso iba a ser evidente, por aquellos chavales haría cualquier cosa.

Otro pez picó el anzuelo: justo una noche que no estaba prestando atención teníamos tanta suerte. Decidí ser sincero con él y moví ligeramente la barca; enseguida se despertó, no estaba nada acostumbrado al mar.

—No hay posibilidades, Elías. Le he dado el último vistazo, es inoperable y tú lo sabes.

Tardó en contestar, estaba seguro de que no le decía nada que no supiera mirando esos tacs.

—El tumor está en todas partes, no podemos dejarle la cabeza como la tenía. Algo estropearemos si hurgamos —insistí mirándole esta vez a los ojos.

—Lo sé.

—Y si lo sabes, ¿por qué me necesitas?

—Porque tú puedes estropearle las menos cosas posibles, es una cuestión de riesgos. Algo perderemos de él, está claro por cómo está el tumor en todas las zonas de control de la cabeza, pero hasta que no abramos no sabremos lo nítido que es el tac. A veces el tac no refleja totalmente lo que hay dentro, es una aproximación.

—Cierto, pero algo perderá ese chaval. Quizás no vuelva a caminar, a lo mejor no vuelve a hablar. No sé si él querrá esto, si eres totalmente sincero con él.

—Lo he sido. Hace unos meses que le dije la verdad, le dije que si tenía algo que hacer, lo hiciera estas semanas porque perderá algo fundamental de sí mismo y quizás ya no volvería a poder hacerlo.

¿Y a su familia?

—No. Sólo a él, es algo que le toca a él. Y lo ha asumido y lo ha aceptado, no quiere compartirlo con nadie más. Lleva tiempo sabiendo que quizás todo se acabe. No le importa. Si hay una posibilidad, desea que lo intente.

—Es especial ese Jano.

—Te lo dije, es muy especial.

—Y muy valiente.

—Los valientes necesitan apoyo de otros valientes. ¿Lo hacemos?

Le miré el rostro; estaba tan ansioso por obtener mi ayuda, que no pude negarme. Me gustaba que alguien en este mundo aún creyese en mí como persona; hacía tiempo que sentía que no servía para mucho.

—Está bien. Pesquemos un par de horas, que es lo que mejor me va para concentrarme, y luego me presentas a ese valiente especial.

Elías gritó de alegría e hizo que todos los peces se marchasen. Yo sentía que aquello no saldría bien, pero creo que eso a él le daba igual. Siempre quería intentarlo, a diferencia de su maestro, que sólo cogía el bisturí para triunfar. Estuve a punto de decírselo, pero de qué serviría, defendería a su maestro;

entre ambos había habido como una conexión padre e hijo difícil de explicar.

Él cogió su caña, yo la mía y nos dispusimos a disfrutar de la pesca mientras mentalmente ya abríamos la cabeza de ese chaval tan especial y valiente.

21

EL CHICO DEL CHÁNDAL VERDE

JANO

Conduje hasta aquella segunda residencia que teníamos en la montaña. Había cogido las llaves hacía tres meses, cuando el doctor Elías me dijo que aquello seguramente no saldría bien y que quizás perdiera parte de mí en aquella operación. Fue ese mismo día cuando tuve claro que era el momento de cumplir deseos ajenos.

Abrí el garaje, introduje el coche para que nadie lo viese y saqué a aquel hombre de los asientos traseros como pude. Echaba tanto de menos mi mano, me comenzaba a doler la espalda. El padre de David estaba KO del todo, pero notaba que respiraba más fuerte.

Lo llevé hasta el salón y allí lo até tan bien como supe alrededor de una silla con una cuerda gigantesca que mi padre había comprado en un mercadillo y que siempre pensábamos que no tendría mucha utilidad. Di muchas vueltas a la cuerda, más de las que hacía falta, pero temía que se despertara y se soltase.

Cuando acabé, sudaba como un pollo, aunque aquella casa estaba congelada. Encendí la caldera y me fui a dar una ducha, no sabía cuánto tiempo estaríamos allí.

Me sentía agotado, la cabeza todavía me dolía del golpe que me había dado, me miré al espejo y vi que al menos no sangraba. Una cicatriz hubiese sido difícil de explicar.

Estuve tentado de llamar a casa, no sé por qué pero pensé que era buena idea tranquilizar a mis padres. Estaba seguro de que no dormían, pero seguramente mi llamada los pondría más nerviosos y quizás activaría que adelantaran su llegada al hospital.

Me duché, me encanta ducharme, siempre estoy un montón de tiempo debajo del agua. Aproveché para hacerme una paja, siempre he creído que uno es quien es después de una paja y necesitaba ser yo mismo y tener claro que iba a matar a una persona.

No pensé en nadie concreto mientras me la hacía. Era una paja random, de esas en que coges parte de cuerpos de personas que te gustan y las usas como quieres. Es decir, es como si crearas una persona concreta a partir de partes de otras, no sé cómo explicarlo mejor. No quería pensar en nadie que me importara y menos en Irene, sabía que le había hecho mucho daño la pasada noche y la amaba demasiado, aunque le dijese lo contrario para liberarla de mi pérdida. Era tan idiota, estaba haciendo lo mismo que otras personas que perdí habían hecho conmigo, pero que lo sepas no significa que no vuelvas a cometer los mismos errores.

Cogí ropa nueva; era de mi hermano, que era el que todavía iba a aquella segunda residencia adonde yo no había vuelto desde la enfermedad. Siempre era como si tuviéramos que estar muy cerca del hospital, como si gravitáramos alrededor de él. Elegí una camisa y un pantalón parecidos a los que llevaba, pero quizás menos alegres. Seguramente tenía sentido que me pusiera ropa de él, yo era más Rubén que Jano en aquel momento.

Me vestí a toda velocidad. Pasé por mi cuarto: cómo amaba esa habitación, estaba igual y lo agradecía, era como si no hubiese pasado seis años sin pisar aquel lugar, era como si aún residiera allí el chaval del chándal que sólo soñaba con jugar al tenis. Todas mis raquetas daban brillo a las paredes. No pude quedarme mucho tiempo dentro, aquel olor me tocaba el alma. Abrí el armario y allá estaba mi chándal verde; mi madre no había cambiado nada de sitio, esperanzada de que el niño que ya no existía se encontrara todo como lo dejó si volvía.

Después fui a por lo que quería coger de aquella casa. Mi padre guardaba dinero en el altillo. Creo que él no se imaginaba que lo sabíamos, pero un día descubrimos aquel sobre con seis mil euros. Yo los necesitaba para cumplir un deseo y él nunca comprobaría si el sobre continuaba allí. Deseé que no los hubiese cambiado de sitio y tuve suerte. Mi padre era un animal de costumbres y el sobre estaba intacto: por el grosor no faltaba ningún billete. Todo estaba en billetes de cien euros que guardé en mi vieja bolsa de tenis, que era tan elegante; cómo la añoraba.

Comencé a escuchar gritos desde el salón: se había despertado el monstruo. Quizás había ayudado el calor de la caldera, que comenzaba a hacer su función también en los radiadores. Eso no lo había previsto.

Antes de llegar al salón, cogí el cuchillo con el que mi padre cortaba el jamón. Lo necesitaría.

Me daba miedo enfrentarme a aquel hombre, me daba pavor, pero ya sabía que aquella noche no todo sería fácil, lo supe desde que había aceptado cumplir deseos de otros. No todos los deseos tenían que ser agradables.

Me acerqué al salón y allá estaba él mirándome; intentaba zafarse de las cuerdas, pero no podía. Había dedicado meses a aprender a atar bien con varios tutoriales; todo es posible de dominar si le dedicas tiempo, siempre lo he creído.

Comenzó a gritar, pero no importaba, esa casa estaba alejada de todo en plena montaña. Seguramente no veníamos porque el frío era demasiado extremo para mi sistema inmunitario y la altitud poco recomendable para mi pulmón.

Me miraba desafiante: dejó de gritar. Pasaba del

metro ochenta y debía de pesar dos veces más que yo. Tuve un poco de miedo, pero recordé a David y tener miedo después de lo que él había pasado era un insulto a su valentía.

—¿Qué coño quieres? ¿Quién eres?

Era normal que no me recordara, yo sólo había sido el compañero de habitación de su hijo y en aquellos tiempos estaba luchando con fuerza contra un cáncer, no debía de ser apetecible ni para un pederasta.

—Quién soy es lo de menos. Conocí a tu hijo en el hospital, me contó que le violaste cincuenta y ocho veces, y le prometí que un día te mataría. A eso he venido. He de impedir que le hagas lo mismo, o le sigas haciendo lo mismo, a su hermano.

Se quedó en silencio: no protestó ni defendió su inocencia; noté que todo era cierto. Tardó en hablar. Creo que no esperaba toparse con todos sus secretos ocultos saliendo de la boca de otra persona.

—No le he hecho nada a su hermano, nada de nada, sólo tiene nueve años.

Lo dijo como excusándose por la edad, o eso me dio la sensación. No se disculpaba por lo de David ni decía que fuera falso. Me dio tanto asco que estuve a punto de clavarle automáticamente la segunda inyección o clavarle cincuenta y ocho puñaladas.

—David era un gran chico: merecía otra vida y otra muerte.

—No tuve nada que ver con su muerte.

—Se suicidó por lo que le habías hecho y lo que hubieras continuado haciendo. Tuviste mucho que ver con su muerte, y lo sabes.

Se quedó en silencio. Me acerqué a él con el cuchillo y noté su miedo. Repitió otra vez lo mismo que me acababa de decir para condicionarme.

—No le he hecho nada a su hermano, te lo juro. No le he hecho nada.

Me acerqué todavía más, sabía que matar lo cambiaría todo dentro de mí. Me había preparado leyendo todo lo posible sobre ese tema; tenía miedo porque no me habían educado para matar, pero debía hacerlo aunque David dijera en la carta que lo entendería si no me atrevía.

Levanté nuevamente el cuchillo; sabía que la primera puñalada era clave, había que presionar muy fuerte y entrar en la carne en ángulo y sin dudar. Él comenzó a llorar y a suplicar, sabía que lo haría, y eso no me afectaba. Pero dentro de mí había una fuerza que me retenía. No podía hacerlo; lo supe: no podía hacerlo. Era lastimoso, pero no me atrevía a sesgar una vida, ni siquiera una tan miserable.

Puse en marcha el plan B. Había dedicado unas semanas a aprender boxeo, nadie había entendido que con una sola mano deseara pelear. El señor Antonio me enseñó: mi hermano tenía razón, había sido también boxeador.

Tenía claro que si no podía matarlo, como mínimo deseaba darle cincuenta y ocho puñetazos en todo el cuerpo: una paliza en toda regla. Había estudiado los sitios más dolorosos del cuerpo humano y comencé mi plan B.

Descubrí que el cuerpo humano no difiere mucho de ese saco que había acogido mi entrenamiento en el hospital y en el que habíamos practicado el señor Antonio y yo.

A cada golpe él gritaba e intentaba zafarse. Los quince primeros fueron fáciles de dar; a partir del dieciséis su sangre comenzó a nublarme y sentí que instintivamente le golpeaba menos fuerte. Ya me había advertido el señor Antonio que cuando combatía siempre tenía que recordar que lo importante no es golpear muchas veces sino con la misma intensidad.

A partir del golpe treinta y cinco decidí dejarme los nudillos. David había pasado por tanto y yo no podía cumplir lo pactado y decidí darlo todo. Me cebé atizándole en partes del cuerpo que el señor Antonio me había dicho que no era ético golpear; aunque no sabía para qué necesitaba todo aquel entrenamiento, siempre me educaba. Comencé a golpear sobre todo en la cabeza, en sus partes y en las costillas. Poco a poco lo estaba dejando hecho un cromo. El último puñetazo se lo clavé en el centro de la frente y lo dejó sin sentido. Estaba vivo, aunque tardaría en recuperarse.

Me dolía mucho la mano, pero más me dolía no

haber podido acabar con una vida humana y hacer justicia.

No sé si aquello era suficiente. Miré la jeringuilla, pero tampoco pude clavársela, me pasó como con el cuchillo jamonero. No era un asesino, aunque al menos esperaba haberle dado una lección para que olvidara hacerle lo mismo a su hermano. Los humanos aprenden por miedo, el miedo se aprende con dolor y se teme por su repetición.

Cogí su móvil. Lo desactivé con su propia cara, pues aunque estaba magullada seguía siendo la suya, y miré en su teléfono; son las cajas fuertes modernas: todo el mundo guarda en el móvil sus secretos.

Tardé en dar con la carpeta oculta en las fotos, pero allí estaba. Ver esas imágenes de él con ese niño que tanto se parecía a David, y que seguramente era su hermano, me hizo vomitar el resto de la pizza que aún conservaba en el estómago.

Me daba tanto asco que seguí vomitando; era un vómito diferente al de la quimio que conocía tan bien. Éste estaba repleto de asco y de desesperación.

Me había engañado nuevamente y yo le había creído. Debía acabar con esto y, ya que no podía hacerlo matándolo, decidí hacerlo de otra manera. Mandé todas aquellas fotografías desde su propio email a la policía y redacté una confesión en toda regla. No tardarían en detenerlo. Era lo poco que podía hacer para acabar con aquella atrocidad.

Apagué la caldera y lo metí en el coche. Limpié el suelo de sangre y rompí una de las ventanas; mis padres pensarían que alguien había entrado para robar cuando fueran en verano. Conmigo o sin mí, acabarían volviendo en algún momento.

Mientras bajaba por aquella carretera tan sinuosa, donde de pequeños decíamos que cada marca en forma de cruz en cada árbol era un muerto (aún no sabíamos que las hacían los jardineros cuando los podaban), pasó lo que no me esperaba.

Vi por el retrovisor que aquel gigante me miraba fijamente. Se había despertado y en sus ojos había mucho odio: tenía en las manos una de las cuerdas con las que estaba atado y a los pocos segundos me estaba apretando la garganta con ella.

Supe o presentí que aquello era mi fin; intenté coger la jeringuilla, pero esta vez no llegué a ella. Él apretaba fuerte y sentí cómo me cortaba la circulación.

Tuve claro que sólo podía hacer una cosa. Al fin y al cabo era como cumplir dos deseos: chocar contra uno de esos árboles y destrozar el coche que tenía sangre del padre de Izan y quizás quitarle la vida al de David.

Aceleré todo lo que pude mientras me quedaba sin respiración y dejé que el destino eligiese árbol.

El golpe fue tremendo: mi airbag saltó al instante; sentí tanta presión en el cuello que quizás hasta estaba matando mi propio tumor por falta de oxígeno. Perdí el conocimiento con el golpe. Ojalá el padre de David también lo perdiese. Ojalá…

Mi orilla me volvía a acoger, pero hasta ella estaba mustia, como si hubiese pasado un tsunami. No dejaba de ser un reflejo de mi realidad.

22

LOS PELONES
PELEONES

RUBÉN E *IRENE*

Sentía felicidad, estaba lúcido y en calma en aquel helipuerto vacío.

Me había tapado con las sábanas de cine y esperaba que aquella chica volviese. Pensaba en mis padres: ojalá me hubieran hecho caso y se hubieran permitido un tiempo para ellos, se lo merecían.

De repente ella apareció, como había prometido, se había vuelto a escapar. Se sentó y luego se acurrucó a mi lado bajo aquellas sábanas que servían para ver un clásico o protegerte de la brisa nocturna.

Abracé a Irene. Quería tener la vida de mi hermano, ayudarle a tomar un rumbo y, además, no podía negar que me sentía muy atraído por aquella chica.

Una nueva ráfaga de aquel extraño viento de antes de una tormenta hizo que el lugar se quedara a oscuras y se apagaran aquellas lucecitas de colores. Aprovechamos para besarnos y a partir de ahí comenzamos a jugar, a tocarnos y a sentirnos. Es curioso, porque creo que existe un gen dentro de nosotros para encontrar los labios de la otra persona en la oscuridad; el cuerpo humano puede llegar a ser muy perfecto cuando lo desea. Temí que mi forma de comunicarme y de besarla fueran diferentes de las de mi hermano, pero quizás también en eso éramos parecidos.

Hasta que lo paré cuando se puso demasiado intenso; no quería seguir, no quería hacer daño a mi hermano ni a ella y, además, quería que la primera vez que lo hiciera fuera con alguien que lo desease hacer conmigo. Sentía que no quería faltarle al respeto ni engañar a nadie.

—No me importa lo que pase mañana, Jano, no me importa, quiero esto, lo necesito. Deseo que estemos juntos aunque te pierda. Sé que no me quieres, lo dijiste ayer, pero me da igual, sintámonos.

Estaba claro lo que había pasado. Mi hermano siempre defendía no dejar cargas en nadie. Seguramente sí que la amaba, pero ayer le había mentido. Eso es lo que tenía que solucionar, no había dudas.

—Lo sé. Y yo también lo deseo, me equivoqué el otro día diciéndote que no te quería. No deseaba que soportaras mi carga. Mañana saldrá bien, saldré de ésta y podremos hacerlo, pero quiero que pase cuando sepa que tengo futuro, no sólo presente.

Ella me besó, creo que era la primera vez que le escuchaba creer en su recuperación, y eso la había emocionado.

—Me gusta que pienses así. Es lo que te dije, hay que tener confianza, hay que compartir ese miedo con los que te quieren, no ocultarlo. Creo que esa película te ha ayudado, el señor Antonio es muy sabio. ¿Sabe tu familia lo que te dijo el doctor, les contaste lo de la complicación extra?

Dije que no con la cabeza. No sabíamos nada de una complicación extra: desde que cumplió los diecisiete, hacía unos meses, el médico ya hablaba sólo con él; luego Jano nos lo contaba todo, pero seguramente éramos unos ilusos y él se guardaba la parte que pensaba que no podríamos soportar.

—Debes decírselo, Jano. Han de saber que puedes perder alguna capacidad.

No teníamos ni idea, creíamos que era un cara o cruz, pero no que la moneda podía caer de canto. Ella rozó mi mejilla y se acurrucó todavía más a mi lado.

—Y si no quieres tener sexo, ¿qué quieres hacer? —me dijo, y nos echamos a reír los dos—. ¿Por qué no hacemos un tour por el hospital como en los viejos tiempos, como cuando nos conocimos, como hacías con los pelones?

Había oído tanto hablar de los pelones…, fueron los primeros amigos que tuvo mi hermano, llevaban pulseras rojas y se lo pasaban genial haciendo travesuras por el hospital. Ninguno tenía pelo y de ahí el nombre, aunque yo siempre pensé que deberían haberse llamado «peleones», que tenía que ver más con su fuerza interior. Yo nunca había sido uno de ellos, aunque Jano contaba todas sus aventuras con tanta felicidad que me encantó la idea de revisitar sitios que no había conocido, pero que sí había imaginado.

Se subió en mi silla, que ella misma dirigía. Me entusiasmó tenerla en mi regazo.

Bajamos con el ascensor y fuimos al gimnasio, y allí hicimos el tonto un rato. Luego a la planta de los bebés que acababan de nacer e hicimos carotas a aquellos chavalillos que casi no podían abrir los ojos.

—Ojalá tengamos gemelos —dijo ella mientras me besaba.

No supe si lo dijo porque mi hermano lo era o sólo había sido casualidad; no se lo quería preguntar. No lo había pensado y seguramente pasaría si alguna vez tenía hijos. Luego fuimos a Urgencias y vimos llegar casos graves. Intentábamos acertar cómo sería el caso sólo viendo a qué velocidad venía la ambulancia.

—Es más divertido en San Juan o en Navidad; los de los petardos y los que se cortan con el jamón le dan más emoción al juego —dijo ella como disculpándose de que llegaran tan pocas ambulancias.

Cogimos todo lo exquisito que había en la máquina expendedora y nos fuimos a ver a los Espabilados, los chicos con enfermedades mentales; eran divertidos y tenían una gramola muy bella donde ponían temas clásicos sin parar.

Después nos colamos en su sala de la calma, que era como un *chillout* para que ellos se desestresasen. Nos tumbamos allí a comer todo lo que habíamos cogido y nos volvimos a besar. Creo que besarse era el límite que yo aceptaba teniendo la vida de otro, aunque sentía que ella necesitaba esa otra despedida con mi hermano para poder seguir viviendo si lo perdía.

Finalmente fuimos hasta su habitación y allí me despedí de ella. No sabía ni el tiempo que habíamos estado juntos. Sabía que todo lo que ella me daba era amor por mi hermano, pero soñaba que una parte era para mí, aunque seguramente si supiera quién era yo se enfadaría mucho conmigo.

Se despidió de mí con un beso muy sentido y tuve ganas de decirle quién era, pero no me atreví. Haberlo tenido a él, a su imagen, aunque no fuera Jano, había logrado la despedida que se merecían y creo que ésa era mi labor ese día.

Sentí que iba a decirme algo, y se quedó mirándome un tiempo, pero no dijo nada, sino que se despidió con otro beso. Os puedo asegurar que tuve la sensación de que ella sabía quién era yo; era como si no la hubiera engañado en ningún instante, tan sólo necesitábamos fingir los tres para demostrar las emociones que guardábamos dentro desde hacía tanto tiempo. Estuve tentado de preguntárselo, pero no me atreví.

Estuve a punto de contárselo en ese instante en que nos despedimos, estuve a nada de decirle que sabía que era su hermano, del que Jano me había hablado tanto. Quería contarle que su piel tenía otra temperatura a la de su hermano, que había descubierto nada más tocarle en esa habitación que no era Jano sino Rubén... Pero de qué habría servido; yo necesitaba tanto despedirme de Jano, hacer de aquella noche algo inolvidable porque no soportaba perderlo... No pude hablar, deseaba pensar que era Jano, que su temperatura corporal había variado por los nervios de la operación. Ojalá los viese alguna vez juntos y me percatara de sus diferencias mirándolos a la vez.

Irene no dijo nada, sólo me miró marcharme. Cuando llegué a mi habitación me di cuenta de que el tiempo en el hospital va a otra velocidad; fue-

ra no habría vivido tantas cosas y con tanta intensidad.

Allá me esperaba la enfermera de noche; noté
que no le había agradado que me hubiera escapado
tanto tiempo. Tenía pinta de enfadada, pero en realidad creo que comprendía a la perfección que yo lo
necesitaba, como yo comprendía que mi hermano
necesitaba también salir de allí ese día. No creo que
él estuviera viviendo tantas cosas como yo.

Me tumbé en la cama, sin disculparme con ella,
que sólo me puso el termómetro. Faltaban pocas
horas y comencé a sentir miedo, miedo de que aquello ni siquiera fuera un punto de inflexión para
nosotros porque nuestro futuro no existiera. No
sabía cómo reaccionar: todo estaba yendo demasiado rápido.

Me tocó la cabeza antes de marcharse y esta vez
sí que sentí que aquello no era de mi agrado. Me
empequeñecía.

En la mesa estaba la carta de mi hermano. Necesitaba abrirla. Sólo había una hoja dentro, pensaba
que habría cinco o seis folios, estaba doblada varias

veces, de ahí su grosor. Cuando la había desdoblado tres veces, entró su médico acompañado de otro hombre. El otro hombre era muy mayor y me dijo que sería mi anestesista.

Llevaban un atuendo como si hubieran ido de pesca, olían a mar. Su doctor me dio la mano con fuerza; Jano siempre decía que temía que se la rompiese y tenía razón. A mí nunca me la había dado, siempre se mostraba prudente con las visitas.

Se comportaba de manera diferente a como recordaba: seguramente era de una manera con los familiares y de otra con los enfermos. Daba gusto ser enfermo porque te trataba mucho mejor y con más cercanía.

Me habló de la operación: de qué forma entrarían en mi cabeza y lo que necesitaban de mí, la colaboración activa de la que seguramente ya le había hablado a Jano. Sabía por mi hermano que aquel hombre, si tenías dos cifras en tu edad, te daba toda clase de detalles, pero aquella meticulosidad era demasiado para mí. Me habló como a un adulto, como a alguien que hacía tiempo que había dejado de ser un niño. Yo no supe qué decir ni qué preguntar;

aún era muy pequeño en casi todos los aspectos, pero intenté mostrarme tan interesado como sabía que Jano hacía siempre en temas referentes a su salud. Sin embargo, interiormente me estaba superando toda aquella situación y comenzó a darme un pequeño ataque de pánico ante todo lo que le iban a hacer a Jano.

El médico se dio cuenta y decidió ponerme un calmante; yo le dije que no hacía falta, pero él me aseguró que no me haría un efecto inmediato.

Llamó a la enfermera, se miraron de una manera muy extraña, o eso me pareció, y a los pocos segundos me inyectaron algo y un estado muy agradable se apoderó de mí y me llevó a un sueño profundo y tranquilo sin casi proponérmelo.

Aunque me encontraba en una paz total y casi no podía moverme de lo relajado que estaba, no os puedo negar que de vez en cuando una pesadilla me retornaba en esos instantes: «Y si no vuelve mi hermano, y si me operan a mí y si muero sin haber estado jamás enfermo…».

La última frase que escuché antes de dormirme

del todo provino de aquel hombre mayor que sería mi anestesista, quien decía que era muy especial y valiente, que no tuviese ningún miedo. Adjetivos perfectos que definían a la persona incorrecta. Su voz tenía tonalidad de bolero.

Cómo habría agradecido que alguien me cuidara mientras dormía en ese instante… Creo que ningún humano debería dormirse sin que otro vigilara su sueño, siempre hay peligros para los que desaparecen del mundo.

23

LAS DISTANCIAS
QUE SEPARAN
A LAS PERSONAS

JANO

Cuando desperté vi que el coche estaba totalmente destrozado. No había ni rastro del padre de David, no estaba dentro de aquel coche y había un agujero enorme en el cristal, todo el parabrisas se había volatilizado, así que imaginé que debía de haber salido catapultado fuera.

Había estado casi una hora sin conocimiento. Tenía suerte de que el coche había quedado tan fuera de la carretera que nadie lo había visto.

Me dolía la cabeza y se hacía tarde. Salí como pude del coche; era extraño, no me sentía mareado. Busqué su cuerpo, pero allá fuera no había nada, aunque tampoco se veía mucho con la linterna del móvil. Temí lo peor y empecé a tener mucho miedo por si se me aparecía de nuevo por la espalda, hasta que tropecé con un tronco y caí de bruces al suelo.

Y allá estaba su cuerpo, totalmente magullado y con la cara destrozada tras el golpe. No tenía pulso y su rostro estaba desencajado.

No sentí nada, ni felicidad ni tristeza. Simplemente justicia. Por fin se había hecho justicia.

Me marché a toda prisa de aquel lugar. Volví corriendo tan rápido como pude hasta la segunda residencia de mis padres: sabía que en el garaje estaba mi moto, un ciclomotor rojo que había dejado de ser mío cuando todo empezó; era el que utilizaba para ir a los torneos de tenis, aunque no tuviese la edad para conducirlo.

Había tenido suerte de que todo pasara tan cerca de allí o no habría sabido cómo volver. Deseé que aún tuviese gasolina.

Tardé en arrancarla, me costó, pero aún funcionaba. Estaba seguro de que mi hermano la utilizaba a escondidas, aunque él siempre lo negaba. Supongo que ahora tenía más sentido haber roto la ventana: se habían llevado seis mil euros y una moto, nadie sospecharía.

Me fui a toda velocidad de allí montado en aquel ciclomotor rojo. Cómo añoraba mi vida anterior: era perfecta. Ahora que estaba sobre mi moto, con mi vieja bolsa de tenis, era como si volviese a ser yo, el yo que fui. Hasta notaba mi brazo más presente que nunca. Podía conducirla a la perfección con un brazo porque había hecho mucha recuperación del otro en el gimnasio del hospital.

Volví a pasar por delante del accidente; comenzaba a salir fuego del lugar donde estaba el coche, seguramente estaba ardiendo y pronto lo descubrirían todo. Ni siquiera me paré. Sabía que me faltaban un par de cosas que hacer y el tiempo apremiaba.

Llamé a Rubén para decirle que todo iba bien, pero no lo cogió. Cuando sonó el contestador, le dejé un «Te quiero, Rubén». No sé, pensé que podía guardarlo y escucharlo siempre que quisiera si algo me pasaba aquella noche, antes o después de la operación.

Dudé en llamar a Irene. Me sentía tan mal por haber acabado de aquella manera… Había sido cruel decirle que no la quería cuando la amaba tanto. Ojalá mi hermano no me hubiera hecho caso y hubiera solucionado mis problemas mediante ese poner tu vida en las manos de otro que decía el señor Antonio.

El sueño empezaba a pasarme factura y además me dolía todo el cuerpo, pero sabía que podría descansar cuando me pusieran la anestesia y comenzase la operación. Quizás el doctor Elías había conseguido a aquel médico del que hablaba, el mago de la anestesia. Ojalá, era un hombre muy persuasivo…

Tardé casi cuarenta y cinco minutos, pero por fin llegué al casino del que tanto hablaba Yolanda. Yolanda, mi última compañera de habitación, soñaba con jugar una cantidad exagerada a un solo número y esta noche yo iba a hacerlo realidad. Aquellos seis mil euros que mi padre guardaba en la segunda residencia me parecían una locura suficiente para apostarlos y lograr que su deseo se convirtiese en realidad.

En mi DNI indicaba que sólo tenía diecisiete años, pero sabía que una calva es algo que da pena y te suma edad. El hombre de la entrada del casino miró mi DNI y seguidamente me miró a la cara.

—Cáncer. Es mi deseo estar aquí antes de operarme mañana —dije poniendo la cara más tierna y agradable que sabía y utilizando mi sonrisa, que era un salvoconducto infalible.

No tuve más que añadir; el cáncer abre puertas porque todo el mundo tiene a alguien cercano que lo ha pasado. Es la enfermedad más empática, por ser tan popular, y además sólo me faltaban unos meses para los dieciocho. Aquel hombre, si le pillaban, podía decir que no se fijó bien.

En menos de diez segundos estaba dentro. Aquel lugar era espectacular después de tanta desolación como había vivido en las últimas horas. Tenía esos seis mil euros en la bolsa de tenis, sabía que iba a cumplir el deseo de Yolanda y sólo quería centrarme en ello y no pensar en nada de lo que acababa de ocurrir.

Yolanda era una chica tan diferente… Tenía dieciocho años cuando la conocí, y yo sólo quince. Poseía una energía increíble. Fue nuestra líder durante un par de años. Le entusiasmaba el juego y hacíamos unas timbas de póquer geniales; apostaba por todo, por cuánto tardarías en recuperarte de la quimio, qué cáncer tenía el nuevo, cualquier cosa, por absurda que pareciese. Era un torbellino de felicidad.

Ella dejó escrito que alguien jugara una cantidad indecente a un solo número; lo pidió antes de su última cirugía, que no difería demasiado de la mía. Quizás el tamaño del tumor: el mío era como un pomelo y el suyo como una naranja. El número al que quería que apostara era su número, el 18, el número de su habitación, su edad y el número de operaciones que había sufrido en la cabeza. Era una chica que sabía lo que era, una jugadora que amaba jugar, y eso es lo que hizo hasta el final.

La quería mucho, era única. Cuando perdió casi todas las capacidades en su última operación, verla y saber que ya no estaba allí fue doloroso. Sabía que me podía pasar como a ella y convertirme en un vegetal, pero, como ella, sabía que no me iba a rendir si había una sola posibilidad. Había que jugar. Ella siempre decía que era muy fácil salir del juego, pero que había que participar hasta el final.

La verdad es que me daba igual ganar o perder: si ganaba, la apuesta se multiplicaría por treinta y cinco, lo que significaría unos 210.000 euros; si perdía, pues habría cumplido su deseo, que era por lo que estaba allí.

Después de todo lo que había vivido, justo aquello era lo que necesitaba, jugar tranquilamente en un lugar hermoso. No quería pensar en nada más.

Me pedí un buen trago en la barra: vodka con naranja; no era un deseo, tan sólo sed. No me pidieron el DNI porque si estaba dentro tenía la edad correcta. Necesité una segunda copa enseguida: noté que todo aquel día me estaba pasando factura. Esperaba que nada de aquello afectara a mi operación o a mi anestesia.

Me quedé mirando a la gente que bailaba en la discoteca de al lado del bar. Me faltaba bailar un vallenato cerca del mar: era algo muy sencillo y fácil que había pedido Julio, aquel chaval colombiano que era tan feliz. No sé si lograría encontrar a alguien que quisiera bailar conmigo, lo intentaría justo al salir de allí. No sé por qué era tan importante el mar en su vida, a algunos no llegué a conocerlos tanto.

Vi que muchas parejas gozaban bailando en la discoteca del casino; había sobre todo parejas mayores. Y entonces, en medio de cuatro o cinco, divisé a mis padres: acaramelados, bailando como si no hubiera un mañana y haciéndose fotos con el teléfono.

Me sorprendió, nunca habría esperado que estuvieran allí. No lo comprendí, era increíble, pero quizás era catártico para ellos; al fin y al cabo, era el último día con la familia completa.

Fue tan delicioso verlos bailar… Me dio miedo que me vieran, así que me escondí de manera que ellos no pudieran divisarme pero yo no me perdiera ni un segundo de su felicidad. Aquella imagen me entusiasmó. Su alegría era contagiosa; no parecían mis padres, o al menos los que yo conocía.

Ese momento fue un premio, era lo más parecido a la felicidad. La verdad es que no te imaginas que tus padres se quieran tanto, y menos en esos instantes.

Cuando acabó la canción, me dirigí hacia las mesas y los dejé con su privacidad.

Fui directo a la primera mesa que vi y solté los seis mil euros en el 18. El crupier cogió todos esos billetes de cien euros, los contó delante de mí y me los cambió por seis preciosas fichas de mil. Todos alrededor de la mesa me miraban: había logrado captar la atención y esta vez no por ser un chaval con cáncer.

Respiré hondo mientras miraba cómo la ruleta comenzaba a dar vueltas. Yolanda siempre decía que ése era el sonido más adrenalítico y más bello del mundo. Y para mí también lo era en aquellos instantes. Además, ese 18 ya no era sólo su número, sino también el mío, la edad a la que podría conseguir llegar si todo salía bien en la operación.

El momento fue largo, los giros eternos y la emoción terrible...

Y finalmente salió el 18, increíblemente salió el 18, y todos en la mesa aplaudieron como si hubieran ganado ellos. No me lo podía creer: aquello era un sueño, pero estaba ocurriendo. La suerte estaba de mi lado aquella noche.

Tenía la bolsa de tenis llena de fichas de diferentes tamaños. No las cambié, ya lo haría cuando tuviera dieciocho años. Sabía que en ese instante aquello podía ser un problema por no tener la edad correcta.

Salí del casino eufórico, cogí el ciclomotor y me fui a la playa. Allí busqué una chica para bailar un vallenato: la que más me sedujo y la más bella para mí fue una chica down que miraba gaviotas junto a su hermano; era como si el destino la hubiera puesto allí para mí, estaba quieta admirando gaviotas como una extra de película que me esperaba.

Me acerqué a ella y le pedí bailar un vallenato. Pensaba que me diría que no, pero no fue así, le encantó la idea y, además, conocía el baile.

Su hermano estuvo de acuerdo, aunque ella no le pidió permiso. Se los veía en paz a aquellos hermanos.

Puse un vallenato en el móvil, ese que se llamaba «Me ilusioné» y que Julio bailaba siempre de manera tan bella. Ella bailaba a su manera y yo a la mía, ninguno dominábamos esos pasos, pero los disfrutamos tanto…

La chica tenía una piel muy dulce y sentí cómo amanecía. Sabía que debía marchar a mi fin; no tenía miedo, el día había sido muy completo. Ya sólo me faltaba el último deseo de todos.

Me despedí con un beso en su mejilla, ella me lo dio en la boca. Podía haberme enamorado de aquella chica. Siempre había tenido devoción por las personas down. Julio me dijo una vez —Julio era down, no sé si os lo había dicho—, bueno, pues me dijo que si Dios hizo a todos a su imagen y semejanza, seguramente Dios es down, pero no todas las personas le salen perfectas como él lo era. Para él la gente usaba la palabra «down» como insulto, o les daba vergüenza pronunciarla, como si fuera algo despectivo cuando en realidad es una cualidad auténtica. Él se consideraba down y lo veía como un honor. Perdí a Julio por aquel jodido tumor en su hígado.

Cogí la moto: ya sólo me quedaba el último deseo. Esperaba encontrar un lugar de tatuajes abierto para poder hacerlo realidad. Tenía unos cuantos sitios en mente y encontré uno que estaba abriendo justo en ese instante. Siempre hay algunos que son más puntuales que otros.

Faltaba el deseo de Claire, aquella chica francesa que creía en las señales y siempre decía que deberíamos tatuarnos la inicial de nuestra alma gemela, de aquella persona sin la que no podemos vivir. Ella las llamaba «personas cascabeles» y decía que esplendían energía y luz. Yo debía tatuarme por ella la inicial de su cascabel, que se llamaba Raúl. Me encantó porque mi cascabel era mi hermano y su inicial era idéntica. La R de Rubén también estaría en mí, al igual que la inicial del cascabel de Claire. Busqué dónde colocarlo para que no lo descubrieran en mi operación. Me decidí por la nuca y por una R casi romana, pequeñita, casi inexistente.

Mi amiga siempre decía que la gente deletrea las letras de las palabras usando sus pasiones, y para mí la R siempre sería de Rubén: mi gemelo, mi alma y mi cascabel. Además, siempre utilizaba la C de cáncer y la T de tumor. No me daban miedo porque a los enemigos los acabas respetando por lo que te han quitado y, sobre todo, por lo que también te han dado.

Entré en aquella bella tienda repleta de diseños colgados en todas las paredes. Le expliqué a la mujer el porqué de aquel tatuaje y me hizo la R más bella que puedo recordar, con un trazo valiente, de esos que te dan confianza. Le pagué con fichas de casino, cosa que le hizo mucha gracia y que aceptó sin problemas.

Amaba tanto a mi hermano… Últimamente le había ninguneado, tonterías para que no sufriese por mí, pero realmente nos unía algo difícil de expresar. Siempre había sentido que los dos nos sacrificaríamos por el otro, y hoy él lo estaba haciendo. Esplendíamos por el otro aunque nos diferenciásemos; había mucha distancia entre nosotros, a veces de espacio, de emociones y, en otras ocasiones, de ideas, pero ese esplender nos unía estuviéramos donde estuviésemos. Lo sentía muy cerca en estos instantes.

Decidí ir caminando hasta el hospital. Después de la operación quizás no podría hacerlo ya aunque quisiera, era consciente de ello. Yolanda nunca más habló ni nadó. Y quizás fue entonces cuando me di cuenta de que necesitaba cumplir un deseo para mí; no deseaba dárselo a nadie porque aquella noche yo era autosuficiente. No quería dejar nada en el tintero.

Sabía qué quería hacer: lo deseaba con muchas ganas desde que me lo arrebataron. Necesitaba volver al colegio, donde no había estado desde los once años. Algunos compañeros me habían visitado y otros me habían ignorado, pero sabía que así era el mundo, que en los momentos difíciles sólo unos pocos se comportan correctamente porque la generosidad casi no existe a no ser que te una con ellos esa clase de amor que es difícil de catalogar. A veces ese amor nace de la misma sangre, pero casi siempre nace de esa cualidad tan compleja como es la empatía. Si encuentras personas empáticas, eres una persona muy afortunada.

Quizás por eso no tenía muy en cuenta a los que no habían venido a verme. Bueno, al principio sí; con doce o trece años había llorado mucho en mi habitación porque me abandonaran, pero más tarde supe comprenderlo: no estaban preparados para lo que me pasó.

Llegué a un colegio, aunque no era el mío. Allá me hubieran reconocido al momento y yo sabía que eso no era lo que echaba de menos; no deseaba comprensión ni preguntas, deseaba vivencias. Llegar a un patio, ser uno más y entrar a formar parte de un partido de fútbol, chocar unas manos y echar unas risas. Ése era mi deseo: nada complicado, fácil de cumplir y sobre todo a mi alcance.

Y así lo hice: me puse a jugar con esos niños que habían llegado los primeros al colegio porque sus padres tenían prisa por dejarlos allí y disfruté jugando, siendo un niño que dejaría de serlo, dejando que el tiempo pasara y, como tal, olvidé la hora que era y lo importante que era llegar puntual a mi propia muerte.

Eché a correr a toda velocidad. Pensé que el mundo es el patio más grande que existe. No debía olvidarlo.

24

NO HAY NADA
MÁS PARECIDO
A LA INJUSTICIA QUE
LA JUSTICIA TARDÍA

COMISARIO DANI

El cadáver estaba magullado a conciencia. Según el forense, aunque tenía golpes por todo el cuerpo, eran compatibles con el gran accidente de coche que acababa de sufrir, ya que la luna delantera estaba rota.

El Porsche no estaba mejor que el hombre. Se hallaba todavía medio en llamas cuando los bomberos lograron apagarlo: la idea de encontrar huellas era imposible.

Según los indicios, había sido robado unas horas antes en una casa bastante alejada del lugar del accidente. El hijo del propietario, que se llamaba Izan, bello nombre para un niño que apunté en mi libreta por si algún día me atrevía a tener un hijo, desconocía por quién, pues había ido al cementerio a visitar a un amigo. Y la verdad es que no existía ninguna conexión entre ambas familias, al menos a priori.

Me encontraba delante de la casa de aquel hombre que acababa de morir y tenía que comunicar su muerte a sus familiares. Siempre que llevaba un caso me encantaba hacerlo yo mismo en persona.

Abrió la puerta su mujer y pasé al salón. Allá había un niño de unos ocho años jugando a la Play antes de ir al cole, el mismo que salía en las terribles fotos que habíamos recibido vía email y que nos había mandado el padre. Pedí a la mujer que fuéramos a un lugar más apartado, pero se negó a separarse del niño.

Le di la noticia de la manera más sencilla y menos dolorosa que pude. Para ella fue un shock, para el niño no: me miró y sonrió como si alguien le hubiera dado una gran noticia. No sé si su madre se percató.

—Ha muerto el monstruo —dijo el niño seguidamente.

La mujer se quedó parada y yo comprendí que

esas palabras confirmaban la veracidad de aquellos emails. Supe que el chaval todavía tenía que sufrir; las secuelas de los delitos no prescriben aunque los monstruos mueran.

Había fotos de otro niño por toda la casa y pregunté por él.

—Murió hace unos años, era mi otro hijo. Se llamaba David. —La mujer seguía en shock.

Tendría que investigar esa muerte por si estaba relacionada con aquel hombre: hablar con sus médicos, saber si el monstruo había actuado también en su caso.

El niño se abrazó a mí y eso me desmontó. Recordé entonces mi propio trauma, del que no he hablado mucho, provocado por mi hermano, y en ese instante sentí que quizás debía dejar de ser policía. Lo que más amaba en el mundo era buscar niños desaparecidos, quizás debía dedicarme a eso, y todo me lo había aportado un abrazo de un chaval al que acababa de conocer.

Sentía que cada vez me costaba más aceptar aquel

coche estrellado como un accidente, lo veía más como un acto de justicia. Ya lo dijo Séneca: «Nada se parece tanto a la injusticia como la justicia tardía». Y aquel caso no era diferente, mucho habían sufrido unos inocentes por la inacción de la justicia.

25

TENER UN HERMANO
ES UN REGALO,
QUE TE QUIERA ES
EL PREMIO SORPRESA

RUBÉN

Cuando abrí los ojos, mi madre y mi padre me miraban; debía de ser tardísimo y yo estaba todavía en la cama de hospital de mi hermano. Mi madre olía tan bien y estaba tan bella… Mi padre se había afeitado y llevaba aquella camisa roja que hacía tiempo que no se ponía. Me sentí confortado con aquellos olores. Estaban muy guapos, me habían hecho caso y esperé que también hubieran hecho fotos.

Me dijeron que no tuviera miedo, que no me pasaría nada, que me querían, que era único y que no me sintiese solo, que los tres estaban allí por mí y que siempre lo estarían.

¿Los tres? Giré la cabeza y allá estaba yo detrás de ellos, bueno, él, Jano, que me miraba. Noté en sus ojos que era otro, que le habían pasado muchas cosas aquella noche fuera del hospital, historias que yo no había vivido ni olido.

Lo vi tan distinto a mí… Nuestras diferencias saltaban a la vista; no sé lo que había vivido fuera, pero superaba lo que yo había vivido dentro. O quizás no le había pasado nada misterioso y era yo mismo el que lo veía diferente debido a todo lo que había vivido aquí dentro.

—¿Puedo despedirme de mi hermano a solas? —dije, deseoso de tener esa intimidad fraternal.

Era alucinante que ni mis propios padres nos diferenciasen, pero supongo que era el instante: el miedo lo enmascara todo y no prestas atención a nada.

Mis padres aceptaron. Él me miró y sonrió, musitó un «gracias» mientras se quitaba la ropa y un «siento el retraso» con una media sonrisa.

Yo me desvestí más lento que él y no repliqué. Nos abrazamos desnudos. Habíamos sacado punta a aquel día. Le olí con fuerza, le habían pasado tantas cosas esa noche: olía a calle, a vida y a sufrimiento. Me di cuenta enseguida de que en su nuca había una R pequeña, casi diminuta, pero que detecté inmediatamente. Cualquier diferencia, por ínfima que fuera, la captábamos al instante. Él sabía que me daría cuenta y sonrió cuando me vio la cara.

—Quiero llevar tu inicial cerca de mi cabeza, para que me des suerte; eres mi cascabel, hermano. Espero que no te hayas aburrido mucho. Si salgo de ésta, te contaré todo lo que hice. Gracias por este inmenso favor, espero poder devolvértelo alguna vez.

No supe decir nada, no pude contestarle que él me había hecho a mí un favor mayor, que descubrir su mundo y su vida en el hospital en mi cuerpo había sido el mejor regalo que podía haberme hecho.

Miré aquel frasquito que colgaba de su cuello: era extraño y no lo llevaba cuando se marchó.

—Y eso que llevas colgado ¿qué es?

Creo que ni se acordaba de que lo llevaba.

—Me la han regalado. Es agua bendita, creo que es para hacer milagros, pero no está bendita para mí, sino para otro al que ya perdimos.

Nos miramos y reímos. Sonaba muy extraño. Pero él lo tuvo claro: quitó el tapón y se tiró la mitad por su cabeza y la otra mitad por la mía. Os puedo asegurar que noté algo, no sabría decir qué exactamente, pero había como una energía en aquella agua destinada a otro. Quizás porque ese otro le estaba agradecido a mi hermano.

Nos abrazamos nuevamente una vez vestidos. Creo que en ese instante me di cuenta de que aquélla no era la misma ropa que había traído, pero no le dije nada.

Se lo llevaron en la camilla y mis padres le acompañaron hasta el ascensor, donde se produciría la despedida final.

Me tumbé en su cama, que había sido mía hasta hacía unos instantes, y lloré. No lo quería perder, lo amaba demasiado.

Abrí la carta que reposaba debajo de la almohada:

dos dobleces menos y allí estaba su mensaje; corto
pero bello, lo resumía todo.

*Sé que después de lo que has pasado esta noche
en el hospital, pase lo que pase, viviré siempre en ti
Será un honor vivir junto a ti tu vida.*

Te amo, hermano.

Me toqué la nuca mientras las lágrimas me reco-
rrían la cara. Sentía el tatuaje en mí; es estúpido,
pero lo notaba dentro de mí como si me hubiera
tatuado una J en la nuca. Tenía razón, siempre sería-
mos dos. Yo era parte de él y él era parte de mí, pasara lo que pasase.

Salí de la habitación; mis padres estaban ya sentados en un banco del pasillo esperando, estarían allí
seis horas como mínimo. Yo necesitaba salir de allí, lle
vaba demasiadas horas siendo mi hermano, necesitaba un poco de aire fresco, pero no podía marcharme del hospital, no podía dejar solos a mis padres.

Me senté con ellos, en medio, sentía que debía
hacer de hijo y ellos de padres.

Comenzó a llover por fin; era como si la lluvia hubiera esperado hasta que todos estuviéramos bajo cubierto, y sonaba a diluvio universal.

Vi que había un mensaje de voz en mi móvil. Era Jano, parecía que iba en moto y escuché «Te quiero, Rubén»: aquello me desmontó todavía más. Guardaría ese mensaje siempre, pasara lo que pasase.

A los pocos instantes llegó Irene acompañada del señor Antonio. Ella me miró y no le extrañó que fuera su gemelo. Entonces supe que lo sabía, que siempre había sabido quién era yo; sería nuestro secreto, no lo contaríamos nunca. Ella se sentó al lado de mi madre, y el señor Antonio, de mi padre. Allá estaríamos juntos las horas que hiciesen falta.

Sabía que si pasaba lo peor debería vivir su vida. Poco a poco, noté que me iba quedando dormido sin remedio; sentía que todo iría bien, que despertaría y todo habría pasado y podría abrazarle. No podía perderlo, merecía esa vida plena, debía tenerla. Deseaba que él estuviera bien: era mi otro pulmón, mi motor, aquello por lo que uno lucha. Tener un hermano es un regalo que te da la vida, que te quiera es el premio sorpresa.

Me dormía; nada podía remediarlo. Imaginé que a él estaban poniéndole la anestesia, siempre hemos sentido lo mismo en muchos instantes de la vida, así que seguramente no me dormía de cansancio, sino por empatía con él. Toda mi piel se erizó en el instante en que me quedé dormido.

26

QUIZÁS, QUIZÁS, QUIZÁS...

JANO, *DOCTOR ELÍAS*,
COMISARIO DANI Y RUBÉN

Siempre he sentido que los rituales de los quirófanos son extraños, parecen tan mecánicos que uno debe ser una pieza más.

Esos cuchillos, esa sierra, esas manos, tantas, para extirpar el tumor de mi cabeza.

Estaba aquel hombre mayor que me ponía la anestesia; mi médico lo había logrado. Era un tipo que daba paz, sentí que quizás todo aquello podría salir bien porque me gustaba su voz al hablarme, al decirme que me mantendría entre despierto y dormido y que tenía que colaborar. Su voz sonaba a tango.

Me encantó la música que pusieron para operarme, era una banda sonora perfecta para toda aquella noche que había vivido. Comenzaron a sonar boleros y sonó ese «quizás, quizás, quizás...» tan bello para empezar.

Sabía que no olvidaría ningún instante de aquella noche, la noche que cumplí todos los deseos de mis amigos perdidos. No me había dejado ninguno. Sabía que mi hermano también habría cumplido los suyos y habría leído mi nota. Se me puso toda la piel de gallina al pensar lo que habíamos vivido.

Tenía el presentimiento de que lo lograría; debía y necesitaba hacer muchas cosas. Quería que mi vida fuese larga, deseaba llegar a los cincuenta años, era una meta casi imposible, y tratando además de que mis días fueran siempre de piel de gallina. Sabía que si lo lograba, siempre pondría en mi cumpleaños ese tema que en estos momentos sonaba.

Quería mantenerme joven en el sentir, ser siempre ese niño y ese adolescente, aunque los juegos cambien, los peinados se modernicen y las palabras inventadas para sentirte diferente sean otras. Cuando pierda mi piel joven, cuando dejen de desearme, cuando lo que haga no sea nada prohibido por nadie, cuando mis padres ya no me cuiden sino que sea yo quien los cuide a ellos.

Deseaba ser un milagro de la naturaleza, que la gente no entendiera por qué estoy vivo, necesitaba sentirme único como agradecimiento al dolor de aquellos a los que perdí.

Notaba que me dormía, aunque parte de mi cerebro estaba despierto. Estaba absolutamente agotado, pero decidí poner todo de mi parte y, aunque no sabía lo que hacían, sí notaba que me estaban abriendo la cabeza; esperé que lo encontraran todo en su lugar después de tantos golpes. Yo, por mi parte, pensaba participar activamente en toda la operación y ayudarlos mientras hurgaban en mi cabeza.

No entendía mucho de lo que pasaba o hacían. Poco a poco notaba que podía colaborar menos y entraba en un sueño más profundo que me alejaba de mí mismo.

Desperté en la uci y el olor de mi médico estaba allí cerca, había viajado en el tiempo. Me miraba fijamente: «¿Sabes cómo te llamas»?, me preguntó varias veces. Él olía diferente, pero me gustaba su nuevo perfume, iba más con su personalidad y era menos intenso que el que usaba normalmente.

Yo no respondía. Él continuaba preguntándome si sabía cómo me llamaba, pero por alguna razón yo no podía decirlo. Me esforcé y finalmente me salió mi nombre: Jano.

Mi médico sonrió de una manera como nunca había visto sonreír a nadie. Noté que me iba a contar algo importante. Aunque yo no recordara el instante en que me habían introducido en la sala de operaciones, pues mi mente estaba en blanco, imaginaba que me habían operado del tumor de la cabeza.

—Hemos extraído todo el tumor, Jano, ha ido genial. Hemos comprobado que no ha afectado a la zona de la movilidad, pero sí se ha visto afectada el área de los recuerdos cercanos: el último día, el último mes o el último año. ¿Qué es lo último que recuerdas?

Ciertamente no recordaba nada cercano aunque lo intentase. Tuve que bajar mucho en un ascensor de recuerdos para dar con uno; pero no recordaba el día anterior, ni tampoco el mes anterior. Quizás lo último que recordaba era la muerte de Yolanda, sí, eso era lo último, como si hubiese sido ayer mismo.

—Ayer murió Yolanda —dije casi balbuceando.

Mi médico pensó mentalmente en la fecha de aquel hecho, que él tampoco había olvidado.

—Fue hace tres meses. No está mal. Pensábamos que habías perdido más recuerdos. Creo que lo hemos logrado —dijo hablando con alguien.

Giré la mirada y vi que allá estaba un médico al que jamás había visto pero que se sentía orgulloso de mí. Sonreía, como si ambos hubieran obrado ese milagro.

—¿Volverán los recuerdos? —les pregunté.

—No, no volverán, o quizás algún día, pero estoy seguro de que tu familia te podrá contar todo lo que te hayas perdido en estos tres meses —respondió aquel hombre cuyas cuerdas vocales parecían agujas de gramófono.

No debía de haberme perdido mucho, claro: quimios, hospitales y quizás la muerte de algún amigo más. Todo era recuperable.

—¿Está todo limpio, entonces? ¿Ha ido bien la operación? —volví a preguntar.

Cada vez me costaba menos hablar y sentí que podía mover las piernas y los brazos, aunque todavía estaban aletargados.

—Absolutamente, ha sido un milagro, pero lo hemos logrado.

Mi médico apretó con fuerza la mano y yo la alargué para darle las gracias también a aquel otro hombre, del que sospechaba que compartía el mérito.

—¿Puedo ver a mis padres, a Irene, al señor Antonio y a mi hermano? —Aunque no recordaba nada, sí que estaba seguro de que ellos me estaban esperando, era de lo poco que me quedaba en esta vida y los necesitaba.

—Claro, ahora los aviso, llevan horas deseando verte.

Me tocó la cabeza y me susurró: «Ya me explicarás lo de la R». No sé de qué hablaba, creo que dijo «la R», ni idea de a qué se refería.

Creo que Jano no me entendió con lo de la R. Quizás era algo de los últimos tres meses aquella R tatuada en su nuca. Noté que el doctor Yuste seguía emocionado, le había costado por momentos concentrarse, pero seguía siendo el mejor anestesiando y logrando resultados. Creo que la gran suerte de todo fue poder abrir aquella cabeza de esa manera tan sencilla, como si estuviera tierna, húmeda y engrasada para nosotros.

—La semana que viene tengo otra operación complicada... —le dije al doctor Yuste mientras salíamos de la uci.

—¿De otro chico especial? —preguntó riendo.

—Siempre lo son. ¿Te gustaría participar?

—Ven a verme y me cuentas; me gusta no pescar contigo.

Me abrazó. A la salida seguía estando aquel hombre de la policía que las enfermeras me habían dicho que quería hablar conmigo.

Le pedí un segundo más y anuncié a la familia que ya podía entrar, que todo había salido de libro y que había ese desfase de tres meses en su mente, nada grave comparado con

303

el éxito de la operación. *Ver las caras de felicidad de los familiares tras una operación es el premio más grande para un médico.*

Ellos fueron a la uci y yo me acerqué al policía. Era un hombre joven que no dejaba de observar todo lo que pasaba a su alrededor.

—*Estoy investigando la muerte de un hombre, del padre de David. Usted trató a David Salvador antes de que muriese de cáncer, ¿no es cierto?*

Me sorprendió todo aquello; hacía tantos años de la muerte de David… Fue como si el fantasma reviviese en mí.

—*David se suicidó, no murió de cáncer. Al revés, incluso se curó.* —*No me anduve por las ramas*—. *A su padre no lo conocí, vino algunas veces, pero nunca estuvo muy interesado en nada del tratamiento de su hijo. Todo lo hablaba con su madre.*

No noté excesiva extrañeza en el policía. Lo apuntó todo en una pequeña libreta.

—*¿David le habló de malos tratos por parte de su padre?*

Ese tema no me sorprendió: a menudo descubríamos esos secretos ocultos cuando los examinábamos.

—*Nunca, pero David tenía pequeñas cicatrices por el cuerpo. Él dijo que no era nada, de juegos y golpes en el colegio, y su madre no quiso denunciarlo cuando se lo conté. No sé más. ¿De qué ha muerto el padre?*

No me contestó, cerró la libreta y dijo que estaba bajo secreto de sumario. Me dio las gracias y se marchó.

Sabía qué tenía que hacer antes de ir a descansar: debía solucionar aquella doble vida que llevaba y que me hacía sentir extraño. Pero antes de que pudiera hablar con Núria, volvió aquel policía y me alcanzó corriendo cuando aún no había llegado al puesto de enfermeras.

—*¿Ha ido bien la operación que tenía? Es sólo por curiosidad, he esperado tantas horas para hablar con usted...*

Realmente parecía interesado, era muy humano: quizás había errado su profesión.

—*Sí, ha ido perfecta. Era de un amigo de David, un chico que merecía vivir, y creo que lo hemos logrado. Ojalá el* mundo le dé suerte y le devuelva las oportunidades perdidas en estos años.

Me gustó el médico. Amaba su profesión, me apasionó cómo habló de esa operación en términos de lo que merecía aquel chico.

Le estreché la mano. Sabía que el caso estaba cerrado, jamás averiguaría nada más de aquella muerte. Seguramente lo cerraríamos en un par de semanas y supondríamos que aquel hombre había robado un coche y lo había estrellado tras confesar que abusaba de su hijo al enviarnos aquel email.

Suicidio por mala conciencia. No estaba seguro de que fuera eso, pero tampoco me esforzaría más. Ciertas cosas hay que olvidarlas si el resultado es el correcto. Sería mi último caso, dejaría la policía y me dedicaría a investigar la desaparición de niños perdidos.

Deseaba tanto volver a ver a mi hermano. Cuando entramos en la uci, Jano no paraba de mover partes de su cuerpo. Seguramente deseaba tener la certeza de que no había perdido nada. Nos fueron dejando entrar de dos en dos. El señor Antonio no se mostró interesado en pasar, no se consideraba parte de la familia y se marchó al enterarse de que Jano estaba bien.

Aquel hombre sabía ser el personaje principal y también un gran secundario. Creo que algo especial me uniría para siempre con ese ser inteligente y tan especial que me había descubierto *Rebeldes*.

Primero entraron mis padres. Estaban eufóricos, como si la vida les hubiera dado una segunda oportunidad. No me extrañaría que pronto fuéramos uno o dos más.

Luego entramos Irene y yo; le ofrecí la oportunidad de entrar sola, pero no quiso. Nos cruzamos un par de miradas, pero yo me comportaba como el hermano gemelo al que acababa de conocer y ella como la novia de mi hermano. Desconocidos que en realidad habían intimado.

—Dicen papá y mamá que ayer los llamé y les pedí que salieran de fiesta. Tengo una laguna total, pero lo más increíble es que lo hicieron: me han enseñado unas fotos bailando que fliparás, Rubén. ¿Me he perdido algo más de ayer? —Jano poseía una sonrisa y destilaba una paz… Me recordaba al que había sido. Era como si el bicho se hubiese marchado y por fin él estuviese solo.

Además, era increíble, no recordaba nada. Sabía que no valía la pena contárselo porque yo sólo conocía una parte, la que yo había vivido, pero desconocía la suya, que quedaría para siempre en su mente borrosa. Creo que Irene sentía lo mismo y tampoco quería aportar más detalles.

—¿No recuerdas nada de nuestra última noche? —dijo ella dándole un beso brutal y superior al nivel de los que yo había recibido.

Él pensó, pero se notaba como si estuviera bajando escalón a escalón por una escalera muy larga y no obtuviese nada.

—La última noche que pasé contigo intento recordarla pero no he podido —respondió sonando al famoso bolero.

Todos nos reímos, supimos que quizás era lo mejor, para nosotros y para ella. Jano le dijo que se acercara y nuevamente la besó. Sabía que aquella pareja sería indisoluble. Metí la mano en el bolsillo y noté que allí había un papel, un mapa del tesoro que no entendí con una ficha de casino dibujada en el centro. Era extraño, pero lo guardé, no valía la pena volverle loco preguntándole qué era.

Los dejé solos, sentí que estábamos creciendo a pasos agigantados. Yo lo recordaba todo y seguramente eso me salvaría en algún momento de mi vida. Me costaba marcharme de aquel hospital, pero cuando finalmente logré salir me di cuenta de que ya no era el mismo: mis miedos se habían suicidado y era capaz de decidir el rumbo de mi vida. No me sentía culpable, no albergaba miedo y estaba dispuesto a ser Rubén. Me toqué otra vez la nuca, necesitaba urgentemente una J que pudiera acariciar si alguna vez me perdía.

27

VIDA PLENA
Y NINGÚN
REMORDIMIENTO

JANO
TREINTA Y TRES AÑOS MÁS TARDE

El día de mi cincuenta cumpleaños, rodeado de todos los míos, aquella noche, tal como pronosticó aquel otro médico, volvieron todos los recuerdos. Fue como si un huracán me pasase por encima, era otra persona, pero todo volvió, aquello que había hecho esa noche de treinta y tres años atrás.

Tardé tiempo en asimilarlo, pensé que era un sueño. Hasta recordé dónde había enterrado aquella bolsa con fichas de casino, aquel papel que un día me dio mi hermano. Sabía exactamente que ese tesoro era el resultado de mi apuesta al 18 y el papel, el mapa para recuperarlo.

Fui hasta el lugar y aún estaba allí, en un terreno cercano a aquel patio donde había pasado mis últimas horas jugando antes de operarme. Estaba enterrado bien hondo, y lo mejor es que todavía conservaba su valor. Las fichas de casino, si es uno bueno, siempre pueden canjearse porque nunca cambian su diseño.

Los malos recuerdos que me venían al recuperar la memoria no tenían valor, había pasado mucho tiempo y mi salud era de hierro. Sentí que el mundo me había regalado mucha felicidad y más tiempo del esperado.

Quizás es lo que merecen los chicos con cáncer que se curaron: tener una vida plena y ningún remordimiento.

Cumplí los deseos de tantos y ahora tenía a mis dos hijos, a mi Irene y una felicidad plena. Aún tenía esa R en mi nuca y a Rubén cerca de mí, que era mi cascabel y que también lleva su J tatuada.

Ahora recordaba el momento en que me hice ese bello tatuaje. Creo que él también me ocultaba cosas que había hecho aquella noche, porque no tenía mucho sentido que llorara tanto en el entierro del señor Antonio. Pero sabía que yo le había dado la llave de mi vida, así que era normal que hubiera abierto puertas con ella.

Todas las vidas de los que perdí estaban dentro de mí gracias a que cumplí sus deseos. No me importaba nada haber matado a esa escoria; quizás con diecisiete años hubiese sufrido mucho, pero con cincuenta sabía darle el sentido justo a todo, y no tenía remordimientos.

No sé cómo la policía no me había encontrado; aquel plan tenía lagunas por todos los lados. Supongo que nunca descubriré todo lo que pasó ese día, pero al menos ahora conocía mi parte. Aunque tenía sentido, porque no somos una voz, somos un eco y el resultado de todos los que nos quieren.

Ahora, curado, doy más valor a aquel día. De algún modo, cada deseo me devolvió algo, un aprendizaje que luego utilicé en mi vida sin recordarlo exactamente.

Mi médico murió hace unos seis años, y su mujer me enseñó lo que él llamaba la habitación de los fantasmas. Había seguido haciéndome fotos a escondidas para saber que estaba bien. Era un gran hombre, se lo llevó la misma enfermedad que él curaba.

Rubén no estaba bien desde hacía un tiempo, le había llegado su grave problema. El señor Antonio siempre decía que a todos nos llega un momento difícil en la vida y a Rubén le había llegado el suyo.

Me había pedido consejo hacía unos meses, pero me daba la sensación de que no me había hecho caso. Creo que ya era hora de devolverle el favor: tenía que tomar su vida durante unas horas y retornarle todo lo que me había regalado aquella noche. Casi todas sus preocupaciones derivaban de problemas económicos y, gracias a aquel 18, podía ayudarle. Los otros problemas, los emocionales, intentaría arreglarlos también en las horas que tuviera el control de su vida. Ojalá lo lograse; un día os hablaré de todo ello.

Recordé aquella frase del gran escultor Miguel Ángel, el que creó ese *David* colosal; siempre me gustó esta cita en particular, de ella me habló el señor Antonio días después de perder a Yolanda y la había olvidado por completo: «El mayor peligro para la mayoría de nosotros no es que nuestra meta sea demasiado alta y no la alcancemos, sino que sea demasiado baja y la logremos».

Y os puedo prometer que seguiría el resto de mi vida luchando para nunca bajar el listón. Siempre he creído que lo que te cura, lo que de veras te da fuerzas, lo que eleva el listón, no es la inteligencia, sino la imaginación.

Aquella semana en la que cumplí años puse de nuevo ese bolero de «Quizás, quizás, quizás» y, como prometí en mi operación, lo bailé con Irene, aunque tuve que repetirle aquello que ella ya sabía: «La última noche que pasé contigo intento recordarla pero no he podido». Y le pedí que algún día me hablase de lo que pasó. Ella sonrió, su sonrisa después de tantos años juntos era ya idéntica a la mía e igual de eficaz para encandilar a cualquiera, y me contestó:

—Quizás, quizás, quizás…